わるじい慈剣帖（九）

ねむれない

風野真知雄

双葉文庫

目次

わるじい慈剣帖（九）

ねむれない

第一章　猿の代わりの犬

一

愛坂桃太郎（あいさかももたろう）は、真夜中に目を覚ました。

幼児の泣く声が聞こえた気がしたのだ。耳を澄ますが、いまは聞こえない。同じ長屋の一軒向こうにいる孫の桃子（ももこ）が泣いていたのだろうか。夜泣きなど、ほとんどしない子なのに。

目をつむるが、頭はどんどん冴（さ）えてくる。まだ二刻（四時間）くらいしか眠っていないのではないか。むろん、部屋は真っ暗である。

——桃子と遊べないからだ。

と、桃太郎は思った。

桃子を遊ばせると、あっちに行ったりこっちに行ったりする桃子を追いかけて、かなり足腰を使うのである。その疲労感が、いまではまったくない。しかも、桃子の無邪気さや愛らしさに触れると、心のわだかまりまで消えて無くなるのだが、いまはわだかまったままである。

――桃子はわしの薬のような存在でもあったのか。

と、痛感した。

結局、朝まで眠れなかった。

仕方ないので、早めに魚市場に飯を食いに行くことにした。

いつもの店に腰を下ろし、アラ汁に飯を頼んだ。飯は少なくを心がけているが、こういう寝不足のときは力をつけないと駄目だろうと自分で診断し、生卵をつけたどんぶり飯を処方することにした。

と、そこへ――。

「おや、愛坂さま」

やって来たのは雨宮五十郎（あまみやごじゅうろう）、岡っ引きの又蔵（またぞう）、中間（ちゅうげん）の鎌一（かまいち）の、三人組である。鎌一は、やけに嬉しそうに頭を下げた。

「なんだ。ずいぶん早いな」

桃太郎は、飯を頬張りながら言った。

雨宮は、桃太郎と同じ飯を三人分頼み、

「お通夜だったんですよ、銀次郎の」

と、疲れた顔で言った。

「やったのか？」

江戸を二分してきたやくざの大物である日本橋の銀次郎が殺されたのは、三日前のことである。殺したのは、すぐ近くに住んでいた腹心のような男だった。通り名を、江戸橋の鱒蔵といって歳も四十五と、身内からもおそらく銀次郎の跡目を継ぐだろうと言われていたらしい。

それが突如、病身だった銀次郎を刺して逃亡した。

「一年後にはもどって、江戸の半分を仕切る」

と、言い残したらしい。

だが、江戸のやくざの動きがきな臭くなっているこんなときに、大きな葬儀などやろうものなら、揉めごとの元になるだろうから、町方はやらせないのではと、桃太郎は思っていたのである。

「やりました。お奉行が、動向を見極めるのには、やらせたほうがいいと判断しまして」

「なるほどな」

　それも一手ではある。

「その警戒に駆り出されましてね」

「なにか起きたのか？」

「来たんですよ、東海屋千吉が」

「ほう」

　芸者の蟹丸のじつの兄だが、このところ急速に力をつけた新興のやくざである。表向きは旅籠屋を二軒持ち、運送業にも手を出しているが、裏では賭場でしこたま儲けている。

　桃太郎は、江戸のやくざの世界がきな臭くなってきたのも、こいつのせいだと睨んでいた。ただ、千吉は、自分が呼んだはずの刺客である仔犬の音吉に刺され、臥せっていることになっている。

「いかにも怪我を押して来ましたというようすでした。線香を上げるとき、ちょっとふらついたりしましてね」

　と、雨宮は言った。

「芝居だ。芝居に決まっている」

桃太郎は断言した。

「だとしたら、あの野郎、ほんとにふざけた男ですね」

「まったくだ」

千吉の動きには、どこか芝居がかったところがある。悪党などは、こそこそやるのが普通だが、千吉はわざと世間を驚かせたりするのだ。単に目立ちたがり屋なのか、そうすることで世間から注目され、自分の存在感を高めたうえで、縄張りを拡大しようというのか。おそらくは、後者に違いないと、桃太郎は踏んでいる。

「そうそう。目玉(めだま)の三次(さんじ)が弔問(ちょうもん)に来ました」

「代理じゃなく、直接、出てきたか」

日本橋の銀次郎とともに、江戸を二分してきた大物である。その威厳と迫力は、桃太郎も目の当たりにしたことがある。

銀次郎を刺したのは、江戸橋の鱒蔵という男だったそうだが、そいつは、千吉に操られた――というのは、桃太郎の勘だが、そうではなく、目玉の三次が背後にいると睨んでいる者のほうが多いらしい。いっきに江戸のぜんぶを手中に収める気になったのだと。だから、ほんとの仇は、目玉の三次なんだと。

そういう雰囲気のところへ、直接乗り込んで来たというのだから、やはりたいした度胸である。

「揉めたかい？」

と、桃太郎は訊いた。

「ええ。若いのが数人、カッとなって突っかかっていきそうになりました。それを止めたのは……」

「あんたか？」

桃太郎は、そんなわけはないと思いつつ訊いた。

「いや、違いますよ。千吉が、ふらつきながら前に出まして、若いやつらを押しとどめたんです」

「また目立つ役割だな」

「そうなんです。それから、目玉の三次と千吉は、二人でなにやらひそひそと話し込み始めましてね」

「ほう。それは面白い。当然、盗み聞きはしたんだろうな？」

「そんなことできませんよ」

雨宮は苦笑した。

「しなかったのか？」

桃太郎ならなんとしてでも、話の中身を聞き取ろうとしたことだろう。まったく、雨宮はじれったい。

「しかも、そこへ喜多村彦右衛門がやって来たのです」

「ははあ」

喜多村彦右衛門は、江戸の三名主の一人で、町政に関して大きな権限を持っている。しかも、この喜多村にも東海屋千吉は、妹の蟹丸や珠子まで利用して接近していた。

「すると、今度は、三次と千吉に喜多村まで加わって、ひそひそ話がつづけられたというわけです」

「……」

なにが他人ごとみたいに「わけです」だと、雨宮の頭をはたいてやりたい。

だが、そこで話し合われたことは、おそらく喜多村から町奉行の筒井和泉守のほうに伝えられるだろう。

「それから、どうした？」

桃太郎は先を促した。

「ええ。通夜が終わりかけたのは丑の刻（午前二時）ごろになってましたかね。おいらは、帰ろうとする東海屋千吉の跡をつけようとしましてね」

「ほう。それは、自分でそうしようと思ったのか？」

「いや、お奉行にはいちいち報告が行っていたみたいなんですが、途中でお奉行から連絡が来まして、千吉が帰るときは家にもどるまで見届けろと」

「さすがだな」

目玉の三次のほうでも、じつは千吉を亡き者にしようとしていても、なにも不思議はないのである。やくざの世界なら、そっちが当然かもしれない。

「それで跡をつけようとしたら、今度は火付け騒ぎですよ」

「そうなのか」

「すぐに消えたんですが、一時はけっこうな騒ぎになりました」

「千吉は？」

「どさくさにまぎれていなくなったんですが、無事に家に帰ったみたいです」

「ははあ」

もしかしたら、桃太郎が夜中に目を覚ましたのは、半鐘が鳴ったりする騒ぎが聞こえたからかもしれない。

「そんなわけで、やっと帰れた次第です。今日はいったん家で寝て、昼過ぎから動くつもりでして」

雨宮はそう言って、どんぶり飯のおかわりをした。

二

飯を食い終えて、四人で魚市場から江戸橋を渡り、海賊橋（かいぞくばし）のところまで来ると、

「じゃあ、あっしはここで」

と、又蔵が頭を下げた。豆腐屋の自宅にもどるのだろう。

「蟹丸に変なこと、するなよ」

雨宮が、桃太郎をちらりと見て言った。売れっ子芸者の蟹丸はいま、兄の千吉の頼まれごとから逃げるため、元豆腐屋の又蔵の家に隠れている。しかも、道具は揃（そろ）っているので、豆腐づくりまでやっているのだ。

「するわけありませんよ」

又蔵も真面目な顔で言って、ちらりと桃太郎を見た。

どうも、蟹丸が又蔵の豆腐屋に住み込んでいることで、桃太郎に気兼ねをしている雰囲気である。

蟹丸が、桃太郎についてなにか話しているのか。あるいは、じつは蟹丸の旦那なのだと勘違いでもしているのか。質（ただ）してみたい気持ちもあるが、かえっておかしなことになるかもしれない。

そのかわり、

「まだ、豆腐はつくっているのか？」

と、桃太郎は訊いた。

「つくってますよ。昨日は、赤い豆腐と、黄色い豆腐をつくりました」

「なんだ、それは？」

「色がついてても面白いって」

「ふうむ」

いかにも蟹丸らしい。

海賊橋を渡り、角の大家のそば屋のところを右手に行けば、桃太郎の長屋があるほうで、雨宮の八丁堀（はっちょうぼり）の役宅は、曲がらずにまっすぐ行く。

　そこで別れようとしたとき、鎌一が足を止め、

「あ、あの野郎。ここらに住んでいたのか？」

と、顔をしかめた。前方を、斜めに横切った男のことらしい。男は犬を連れていて、こっちは見なかった。

　雨宮も気づいたらしく、

「ほんとだ。まさか、愛坂さまのお長屋に？」

と、訊いた。

「いや、あんなやつは住人にはいないな。うちの裏手にある長屋じゃないのか。誰なんだ、あいつは？」

　桃太郎は訊いた。

「兆六（ちょうろく）という猿回しです」

　鎌一が答えた。

「猿回し？　じゃあ、あんたの仲間か？」

　すると鎌一は憤然（ふんぜん）として、

「いや、あんなやつは、仲間なんかじゃありません。あいつは悪い野郎でしてね。猿回しをしながら、その猿を使って、盗みや万引きをさせていたんです」

「猿にやらせるのか？」

「ええ。それが見つかったときは、猿を叱って平身低頭で謝るんですが、たいがいは見つからずじまいです」

「だったら、捕まえちまえばいいだろうが」

と、桃太郎は雨宮をけしかけた。

「ところが、なかなか尻尾を摑ませないんですよ。証拠がないと、そうそうふん捕まえるわけにはいきませんし」

「そりゃそうか」

町方には横暴なやつもいれば、雨宮のようにいちおう筋道を通したがる男もいる。もっとも雨宮の考える筋道というのも、かなり変なのだが。

「そのかわり、あっしは隙を見て、野郎の猿を逃がしてやったんですよ。猿がいなけりゃ、悪事もできねえだろうと思いまして」

と、鎌一は言った。

「そりゃあ、いいことをした」

「ええ。でも、いま、犬の首に紐をつけてましたでしょ」

「つけてたな」

馬ならまだしも、犬の首に紐をつけているのは、江戸では見たことがない。飼い犬でも、ふつうは放し飼いにしている。

「猿から犬に鞍替えしたのかも」

鎌一がそう言うと、

「犬じゃあ、盗みはやれねえだろう」

と、雨宮はせせら笑った。

「いやあ、なんせずる賢いやつですので。あらたな盗みの手口を考えたに違いないですよ」

「じゃあ、あいつを見張るのかよ」

雨宮はうんざりしたように言った。これから家に帰って寝るのだから、余計な仕事はつくるなと言いたいらしい。

「では、雨宮さんよ、わしが探ってやろうか？」

桃太郎が言った。

「よろしいので？」

「なあに、このところ、毎日毎日、暇でしょうがないのだ」

桃子と遊べるなら、もちろん猿回しが犬を使おうが、象を使おうが、そんなことは知ったことではないが、すこし働かないと、今夜も眠れないかもしれない。

猿回しがいなくなったほうに行ってみると、ちょうど大家の卯右衛門とばったり出くわした。

「これは愛坂さま」

「もしかして、あんたの家作か？」

「なにがです？」

「猿回しの兆六というのがいるのは？」

「あ、そうです」

そば屋の卯右衛門は、桃太郎や珠子が住む長屋のほかにも、ここらで何軒も家作を持っているのだ。

「どんなやつだ？」

「じつは、今月の店賃をもらってないので、ちょうど催促したところなんですよ。まあ、あれも、商売道具の猿に逃げられたそうなんで、仕方ないんですがね」

「待ってやるのか？」

卯右衛門はなかなかの人情派なのだ。

「近々、大きな金が入るというのでね」

「大きな金？」

「甲府にいる兄に窮状を訴えたら、まとまった金を送ってくれることになったそうなんです」

「ふうむ」

怪しい話である。

「それに、猿は諦めて、犬を使った芸を考えているんだそうで、また、飼いだした犬がたいそう可愛いんですよ」

卯右衛門もけっこう生きもの好きなのだ。

だが、犬の芸で金など取れるわけがない。もともと猿回しも、芸より盗みが主だったに違いないのだ。

「なんですか、愛坂さま。兆六を気にしていらっしゃるので？　あいつ、悪いことでもしてるんですか？」

「いや、まあ。その犬のことでな」

まだ決めつけるのは早いので、適当にごまかした。

詳しく知りたそうだった卯右衛門と別れ、長屋を見に行くが、戸は閉まっている。声をかける理由もないので、そっと耳を澄ましてみるが、とくに物音はしない。

結局、この日は何をしているのか、わからなかった。

三

次の日も、兆六を見張ることにした。

大家の卯右衛門によると、兆六はいま、猿回しをしていないので、朝は遅いらしい。桃太郎が朝飯を食い、剣の素振りや雑用を一通り済ませてから見に行くと、ちょうど犬を連れて出て来たところだった。

いったん、さりげなくやり過ごし、もどって跡をつけると、近所の山王旅所(さんのうたびしょ)の境内に入って行った。

「おい、狆助(ちんすけ)。今日も稽古(けいこ)だ」

と、兆六は言った。犬の名前は、狆助というらしい。

確かに、狆の血が混じっているような顔立ちである。といって、あれほどつぶれたような顔ではない。目の丸さと、いくらか毛足の長いところに、狆の血を感じさせる。親ではなく、その前くらいが狆だったのではないか。

可愛い犬である。おそらく、生まれてまだ一年は経っていない。どうせ、どこかで野良を拾ってきたのだろう。

桃太郎は、兆六のほうには近づかず、銀杏の大木の根元に腰をかけて、よそを向いたまま、兆六と狆助のようすを見つめた。

兆六が、

「待て」

と言うと、狆助はちゃんと座って動かない。いかにも賢そうで、あんなやつに飼われるのは勿体ないくらいである。

「………」

なにか言ったらしいが、声は聞こえなかった。

兆六がそのまま歩き出すと、ふいに狆助は駆け出し、兆六が持っていた包みを奪って逃げた。

「よし、いいぞ」

狆助は急に立ち止まり、尻尾を振りながら、兆六が来るのを待った。

——ははあ。

猿にさせたように、犬にかっぱらいをさせるつもりらしい。だが、猿みたいにうまくはいかないのではないか。

兆六は、次に包みを抱えるようにして持った。

「もう一回やるぞ」

あんなふうに持たれると、狆助も奪うのは難しいかもしれない。

すると、今度は背中に飛びついた。

「え？」

振り向いたとき、包みは片手に持っている。狆助はその包みに飛びついて咥え、またも駆けて逃げた。

——やるもんだな。

桃太郎は感心した。

そのとき——。

ちょこちょこっと、覚束ない足取りの幼い女の子が、桃太郎の目の前を横切った。

――ん？

一瞬、桃子かと思って、どきりとした。

桃太郎の驚いた顔を見たらしく、近くにいた若い女が、

「すみません」

と、頭を下げた。子どもの母親らしい。

「元気そうな子だね」

桃太郎は笑顔で言った。

「もう、目が離せませんの」

「いや、わしの孫もそうだよ。生まれてちょうど一年くらいかな」

「まもなくです」

「わしの孫とまったくいっしょだ」

「そうですか」

女は、子どもがしゃがみ込んで、ドングリを拾うのを見ていたが、

「あ、駄目」

と、慌てて駆け寄った。子どもがそれを口に入れようとしたのだ。

間に合って、入れる前にドングリを取り上げると、女の子は泣きそうになる。

「ごめん、ごめん。ほら、こっちを舐めて」

と、女は袂から、紙に包んであった煎餅を一枚、子どもに与えた。

それから、桃太郎のいるところに子どもを連れて来て、

「ドングリ、飲み込むところでした」

「なあに、わしの孫も飲んだことがある」

「どうなりました？」

「心配したが、そのまま、うんちといっしょに出てきたよ」

「そうなんですね」

女は笑った。

いい笑顔である。きれいな女だった。珠子とはまた、違う感じの美人である。華やかさとか派手さはない。目、鼻、口はどれも小さめで慎ましやかだが、きれいに整っている。造作の配置が、絶妙の位置にあるのだろう。

子どもはいるのに、眉は落としておらず、鉄漿もしていない。珠子もそうだが、といって芸者とか水商売の感じはしない。なにをしているのか、訊いてみたいが、桃太郎もそこまで図々しくはない。

「名前はなんていうのかな？」

桃太郎は、女の子に訊いた。もちろん、女の子が答えるわけがない。

「あんずって言うんですよ」

「あんずか。へえ。唐桃（からもも）だな」

「そうです」

「わしの孫は、桃子という。似てるな」

「まあ、可愛いお名前。桃子ちゃん。うちは、庭にあんずの木があったので、安易につけた名前なんですよ。でも、花も実も大好きでしたので」

「そうだな。梅の花と似た花を咲かせるんだよな」

駿河台（するがだい）の実家の庭にも、あんずの木が一本あったはずである。

「ええ、そうなんです」

あんずは、煎餅を食べ終えると、にこにこしながら桃太郎のそばに寄って来た。

「おいしかったか？」

桃太郎が訊くと、唾（つば）だらけの手を前に差し出しながら抱きついて来たので、

「おう、よしよし」

思わず抱き上げてしまう。

「あらあら、すみません。汚い手で」

「なあに。わしは慣れてるのでな」

言いながら、桃子のことを思い出し、胸が詰まりそうになる。べたべたの手と、清水のようなよだれが、たまらなく恋しい。

気がついたら、兆六と狆助は、いつの間にかいなくなっていた。

四

翌日もおそらく兆六は、狆助の稽古に行くはずである。卯右衛門によれば、兆六は近々、金が入ると言っていたそうなので、まもなくなにかやらかすつもりなのだ。

長屋を出ようとすると、珠子の家から三味線の音色が聞こえてきた。朝の三味線の音色も乙なものである。

音色は、ひとつだけではない。何人かいる。弟子が来て、稽古をつけているのだろう。蟹丸もそうだが、珠子もいま、お座敷を控えているのだ。東海屋千吉の件が片付くまで、桃子の面倒を見るつもりだという。

――桃子はなにをしているのか。

おそらく弟子たちにかまわれて、けっこう喜んでいるのではないか。あんずのように、人懐っこく抱かれたりして。

桃太郎は切ない気持ちになっている。

兆六はすでに長屋にいなかったので、山王旅所に行ってみると、やはり今日もここに来ていた。

桃太郎は離れて座り、反対のほうに顔を向けながら、一挙手一投足を観察する。

「待て」

兆六は狆助を座らせると、自分はすたすたとそこを離れる。昨日より、かなり速く歩いている。

しばらく行ったところで、突如、狆助は駆け出して、兆六が手に持っていた小さな包みに飛びつき、咥え、奪って逃げた。あの、飛びつくときのきっかけは、合図かなにかしているのだろうか。

狆助の素早さには感心するほどだが、

「もっと、速くだ」

と、兆六は頭を叩いて叱った。

「盗人のくせに、偉そうに」

桃太郎は、顔をしかめてつぶやいた。生きものを苛めるやつを見ると、腹が立ってくるのだ。

狆助に巾着でも盗ませる気なのか。

だが、それは難しいだろう。巾着など、あんなふうにだらしなく持ったりしない。たいがい懐や袂に入れている。

とすると、巾着ではないが、それ以上に金目のものを狙っているのだろう。

それがなにかを探り出さないと、怪しいというだけでふん縛ることはできない。

考え込んでいると、
タッタッタッ。

という足音がして、見ると、今日も、あんずを連れた女がやって来た。

「よいお日柄で」

確かに春を感じさせる暖かな日差しである。

「そうじゃな。あんずちゃんも、機嫌がよさそうじゃ」

「この子は、機嫌だけはいいんですよ。器量はちょっと心配なんですが」

「そんなことはない」

と、桃太郎は言ったが、確かに、器量は桃子のほうがずっと上である。母親はこんなに美人なのに、おそらく父親のほうに似たのだろう。

「女は愛嬌（あいきょう）ですしね」

「そうそう」

桃太郎がうなずくと、ちょうど兆六が狆助を連れて、どこかに行ってしまうところだった。

「おっと。今日はちと、用事があってな。あんずちゃん、またな」

桃太郎はあんずの頭を軽く撫で、急いで兆六たちの跡を追いかけた。

兆六は、狆助を連れたまま、日本橋のほうへ向かって行く。稽古というよりは、目的のある歩き方である。稽古を実践に移すのか。

日本橋は渡らず、通（とおり）一丁目のほうへ曲がった。

ゆっくり歩いて、〈健身堂（けんしんどう）〉と看板がある大きな薬屋の前で立ち止まった。

流行（はや）っている薬屋で、順番待ちをしている客もいる。

兆六は、なかには入らず、なにやら観察している。

――薬か。

薬なら、べらぼうに高いものがある。それを狆助に狙わせるつもりかもしれない。

なるほど客は、兆六が稽古に使っていたような大きさの、紙の袋を持って出て来る。

――いま、やるつもりなのか。

やれば、桃太郎は捕まえるつもりである。番屋に突き出して、雨宮の名を伝えておけばいいだろう。

兆六が、手に石ころらしきものを握っているのが見えた。あれは、いざというときの武器として使うつもりかもしれない。

だが、兆六はなにもせず、さらに歩き出した。

日本橋のほうにもどっている。

今度は、薬屋とは道を挟んで斜めのところの、唐物（からもの）を売っている〈天竺屋（てんじくや）〉の前で立ち止まった。こっちもなかを探るように見ている。

――唐物狙いなのか。

唐物もべらぼうな値段のものがある。茶器も扱うから、薬とは桁違(けたちが)いのものなどもあるはずである。

だが、兆六はなにをするでもなく、ふたたび歩き出した。

横道に入った。ここは呉服町新道(ごふくちょうしんみち)と呼ばれる通りである。

兆六は立ち止まった。建物のあいだに、隙間がある。植木鉢が置いてあったりして、人は通れない。

「待て」

と、狆助をその隙間のところに待たせて、自分はどこかにいなくなった。

——なにをしているのだ？

桃太郎が首をかしげたとき、ふいに狆助が隙間に飛び込んで行った。

隙間をのぞくと、向こう側に兆六が待っているのが見えた。

——ははあ。これは逃げ道なのか。

兆六が、駆け寄った狆助を撫でているのも見えた。褒美(ほうび)の煮干しでも与えたらしい。

それから、兆六と狆助はいなくなったが、桃太郎はもう跡を追うことはしなかった。

五

桃太郎は、しばし考えて、さっきの薬屋の健身堂へ向かった。

いまの混雑はさほどではなく、なかに入ると、

「お武家さま。なにか？」

と、すぐに手代が寄って来た。

「うむ。どうも眠れなくてな」

と、桃太郎は言った。じっさい、いい薬があれば、買って飲みたいくらいである。

「わかりました。どうぞ、おかけください」

手代は、桃太郎を上がり口に腰かけさせ、自分は急いで座敷のほうに上がった。

「それで、眠れなくなったことで、思い当たる理由はございますか？」

手代は、医者のような神妙な顔で訊いた。

「理由か……」

それは明らかである。間違いなく、孫の桃子と遊べないのが理由だが、しかし、そんなことを正直に言うのはみっともない。だいいち、言ったとしても、健身堂の連中が、やくざの揉めごとを解決して、桃子と毎日遊べるようにしてくれるとは思えない。

なにか適当な理由はないかと考えていると、

「下が近いとか？」

と、手代は桃太郎の顔を見ながら、勝手に推測した。もしかして、下が近そうな顔をしているのだろうか。

「わしはそうでもないぞ」

桃太郎は、ムッとして言った。

同居人でもある元目付の朝比奈留三郎は、つねづね夜中に二、三回は小用に立つと言っているが、桃太郎は小用で起きることはない。たまに、大の用で起きることはあるが、しかしそれは、焼き芋を食い過ぎたときだけである。

「寝る前にお茶を飲むと、眠れなくなることは多いですよ。飲んでますか？」

と、手代はふたたび訊いた。

「いや。茶は飲まんな。こう見えて、いろいろ考えごとをする性分なのさ。なんだか細かいことが気になってな」

　嘘である。若いころから、もう少し細かいところまで気を遣えとは、しょっちゅう言われてきた。

「そういうことなら、いい薬がございますよ」

　手代はすぐに、紙包みを持って来て、

「これは手前どもで一、二を争うくらい売れている薬です」

　包みには、朱色の字で〈安眠《あんみん》夢《む》楽丸《らくがん》〉とあり、七福神の絵も描かれている。薬の袋というより、娘の白粉《おしろい》でも入っているみたいな袋である。飲むよりも、枕の下に入れたほうが眠れるかもしれない。

　桃太郎は、細かいことを訊いたりはせず、

「そうか。では、飲んでみよう」

　と、代金を支払った。二分というから、けっこうな値段である。

「ところで、ここは高価な薬もあるんだろうな？」

　店内を見回して、さらに訊いた。

「それはもう。一粒でも何両というものまでございますとも」

　手代は自慢げに言った。

「いちばん高いのはどういう薬だい？」

「そうですね。いまは、やはり、オットセイの玉ですかね」

と言って、にんまりした。

「ははあ、あれな」

有名な薬である。オットセイの睾丸のことである。なんでも、かつて東照宮さまも愛飲したという。

だが、なかば伝説化した話で、ほんとうに売られているとは思わなかった。

「たいがい混ぜ物が多いのですが、うちで取り寄せているのは、正真正銘の玉ですよ。時季によっては、丸ごとお見せできるのですが」

そんなもの、見たくない。

「いくらくらいするんだ？」

「ひと月分で、二十両ほどは」

「そりゃあ高いな」

「そのかわり効き目は凄いですよ」

ぜひ使えと言わんばかりの顔をした。

桃太郎はふと、思いついて、

「もしかして、天竺屋のあるじが飲んでいるやつか？」

と、訊いてみた。

「よくご存じで。天竺屋さんは、毎月、いまごろになると、お買い求めにいらっしゃいます。おそらく、吉原に籠もられるのでしょう」

口の軽い手代である。

「自分で買いに来るのか？」

「いやいや、手代に来させてますよ」

「そりゃそうだな」

「今日は来てないので、明日じゃないですか」

「吉原にお籠もりかい。やるのう、天竺屋も」

「ご内密に」

手代は人差し指を口に当てた。

「もちろんだ。はっはっはっ」

桃太郎は笑ってごまかしたが、この手代は、口の軽さが災いし、まず番頭にまではなれないだろう。

薬屋を出てから、天竺屋に行ってみた。

――天竺屋かあ。

ここは大店で儲かっている店だが、目付をしていたころは、何度も見張ったりした店でもある。ここの唐物は、正式に輸入されるものだけではなく、抜け荷の品が混じっていたりする。しかも、その抜け荷には、西国に領地がある大身の旗本がからんでいたりしたのだった。

いまも、叩けば間違いなくホコリの出る身であるに違いない。だが、今回は抜け荷については目をつむることにする。

――狙いはその、高価な薬に違いない。

兆六がなぜ、その薬のことを知ったかはわからないが、ああいう口の軽い手代がいるくらいだから、誰かから洩れ聞いたのだろう。

天竺屋の手代が薬を買って、もどるあいだに、狆助に飛びつかせる。それで、すぐに呉服町新道に逃げ込ませるのだ。

桃太郎はふたたび新道に入ってみた。

怪しいのは、人は通れそうもない、家と家のあいだの通路である。

――犬だったら通れる。

それで、兆六は向こうの出口で薬を受け取って、すばやく逃げてしまう。あちらはかなりの人込みだから、すぐに行方をくらますことができるだろう。

狆助の通る道には、なにか匂いをつけておくのではないか。狆助はその匂いを嗅ぎながら、ここに入って行くことができる。だが、匂いをたどることで、追いかける人より速く、逃げ切れるものだろうか？

——あ。

桃太郎は、かつて犬を飼っていたときのことを思い出した。

犬は、嗅覚だけ優れているわけではない。あいつらは、耳も素晴らしいのだ。遠くの足音だって、聞き分けることができる。

そういえば、兆六は石ころを二つ持っていた。

あれは武器として使うのではなく、カチカチ鳴らして狆助の合図にするのか。

これで兆六の悪だくみは、完全に見切ったと確信した。

六

海賊橋のところにやって来ると、雨宮たちと行き会った。

「これは愛坂さま」

「なんだ、三人とも冴えない面だな」

「ええ。どうもパッとしなくてね」

「なにがパッとしない？」

「ここんとこ、やくざの動きがきな臭いでしょう。それで、おいらの同僚たちが張り切っちゃって、悪いのをどんどんふん縛ってるんですよ。つねづね、賭場なんかに探りを入れてたこともあって、現場を押さえられるんでしょうね」

「あんたはそれをやってこなかったんだ？」

「反省はしています」

雨宮は、頭を掻いた。正直なのは、雨宮の数少ない美質である。

「だが、まだ、東海屋千吉がいるだろうが」

と、桃太郎は言った。あいつこそ、肝心かなめの悪党なのだ。

「そうなんですが、あいつは簡単に尻尾を摑ませないでしょう」

「まあな」

「おいらも、手柄を立てたいなあと思ってしまいましてね」

雨宮がそう言うと、岡っ引きの又蔵と、中間の鎌一もうなずいた。

「小さい手柄だったらあるぞ」

「小さくてもいいですよ」

「例の、猿回しの兆六の件だ」

「あ、あれなら小さくはないですよ。野郎、奉行所ではけっこうな有名人でしてね。あいつを捕まえられたら、かなりの手柄になります」

「そうか、じつはな……」

と、桃太郎は、犬を遣った悪事の一件について、すべて打ち明けた。もともと、不眠をなんとかしようと引き受けただけで、あんなのを捕縛しても、別段、面白くもなんともないのだ。

「なるほど。薬をね」

「おそらく、明日にはやるつもりだ。朝から見張らせて、わしらは卯右衛門のところにでも待機していようじゃないか」

「わかりました」

と、相談がまとまった。

翌日——。

朝四つ（午前十時）くらいになって、兆六が狆助を連れて家を出た。

卯右衛門のそば屋にいた桃太郎と雨宮は、二人の跡をつけた。又蔵と鎌一は、すでにそれぞれ天竺屋と健身堂の前に待機させてある。

兆六は、まず天竺屋をのぞいた。どうやら、目当ての手代がいることを確かめたらしい。

それから、健身堂が見えるあたりに行き、誰かと待ち合わせているような顔で、しゃがみ込んだ。わきには狆助も、座っている。

四半刻（三十分）ほどして、兆六は立ち上がった。

天竺屋から手代らしき男が出て来ると、健身堂のなかへ入って行った。懐に手を当てているのは、薬の代金を入れているからだろう。

「あれだな」

桃太郎が雨宮に言った。

「はい」

雨宮は、待機している又蔵と鎌一に、手をぐるぐる回して、始まるぞという合図を送った。

健身堂のなかのやりとりは、ここからでも見えている。おそらく、

「いつものやつ」

「はい、用意してあります」

くらいで終わったのだろう。手代が代金を渡し、紙袋を受け取った。紙袋は、桃太郎が安眠夢楽丸を買ったのと同じ、朱色の文字で商品名が書かれている。かなり分厚い紙でできていて、あれなら犬が嚙んでも破れたりはしない。オットセイの玉の匂いは難しいだろうが、紙の匂いくらいはすでに狆助に嗅がせているはずである。

手代が出て来た。無造作に紙袋を持っている。

「なるほど。代金だったら、あんなふうには持ちませんね」

と、雨宮が言った。

「そうなのさ。薬だから、犬でも奪えるというわけだ」

桃太郎はうなずいて言った。

手代が道を横切って、真ん中あたりまで来たとき、兆六が狆助をけしかけるようにした。同時に、兆六は反対側に走り出している。

「兆六は逃げましたよ」

雨宮が慌てて言った。

「大丈夫だ。やつが行くところはわかっている」

狆助が、天竺屋の手代に飛びつき、サッと紙袋をかすめ取った。

「あ、なんだ、こいつ」

手代は驚くが、狆助はもう、新道のほうへ駆けている。

「待て、こいつ」

慌てて跡を追うが、狆助は速い。大勢の通行人の足元をかいくぐるように、新道へと飛び込んで行った。

桃太郎たちもその跡を追うが、

「新道じゃない。一本向こうだ」

いまごろは、褒美の煮干しでも用意して、狆助の到着を待っているだろう。

――しまった！

桃太郎は走りながら、大事なことに気がついた。薬を奪って来た狆助に褒美をやり、狆助がそれにかぶりついている隙に、兆六は逃げ去ってしまう。天竺屋の手代が、ようやく狆助に追いついたとしても、薬はどこかに消えている。

だが、その犬を捕まえておけば、犬はちゃんと飼い主のところにもどるはずである。そして、その飼い主こそ、犬に薬を奪わせた下手人（げしゅにん）なのだ。

――狆助は生かしておけない。

褒美には、毒が仕込んである。

悠々（ゆうゆう）と捕まえられるはずだったが、狆助が褒美をもらう前に、あいつを捕まえないとまずい。

桃太郎は、猛然（もうぜん）と走った。雨宮たちは、遥か後方である。

息が切れる。濠沿（ほりぞ）いの道で、兆六がしゃがみ込んでいるのが見えた。狆助はまだである。

「おい、待て」

「え？」

兆六がこっちを見た。

そのとき、狆助が紙袋を咥えて駆け寄って来た。

「よし。よくやった」

そう言って、兆六は紙袋を取り上げ、懐から出した肉片を、狆助に与えようとした。

「それは駄目だ」

桃太郎が飛びつき、肉片を奪って、濠に放った。

「愛坂さま。捕まえるのはおいらが！」

ようやく雨宮が追いついて来た。

「ほら、早く逃げたほうがいいぞ」

桃太郎は兆六に言った。

「糞っ」

兆六は、迫りつつある雨宮たちから逃げるため、駆け出して行く。

その後を追おうとする狆助を、

「追うな、追うな」

と、桃太郎は抱き上げた。暴れるが、ふつうの犬より小柄なため、身動きができない。

「くぅん、くぅん」

と、哀しげに啼いた。

そのわきを、鎌一、又蔵、雨宮の順に、ばたばたと通り過ぎて行く。桃太郎は、それを見送った。あとは、あの連中の仕事である。

狆助は観念したのか、おとなしくなっている。

「お前、殺されるところだったのだぞ」

「くぅん」

「あんなひどい悪党でも、飼い主と思うのか？」

「くうう」

そうだというように啼いた。犬というのは、本当に健気な生きものなのだ。

すぐわきに乾物屋があったので、イワシの干物を買って、狆助に与えた。喜んで食べるようすを見ながら、

「さて、お前はどうしようか」

と、桃太郎は言った。

七

「へえ。そんなことがあったのですか」

桃太郎が遅い昼飯のそばをすすりながら、さっきのできごとを詳しく話してやると、大家の卯右衛門は驚いて目を丸くした。

「だから、兆六の店賃は入って来ないし、あいつも余罪がいろいろ出てきそうだから、まあ、しばらくは出て来られないだろうな。出たとしても、もうおいてお

くわけにはいかないだろう」

「しょうがないですな。まあ、後始末はあたしのほうでなんとかします」

多くの長屋は、大家と家主は別で、大家は家主から長屋の管理を任されている存在だが、卯右衛門は家主でもあり、大家でもある。だから、面倒なことが起きても、卯右衛門の一存でどうにでもできる。

「それより、この犬だよ」

と、桃太郎は足元の狆助を指差した。

「ええ。ほんとに賢いんですね」

「また、野良にするのも不憫(ふびん)でな」

「愛坂さまが飼ってあげればいいじゃないですか」

「そうするか」

桃太郎の家で飼えば、長屋に近づく曲者(くせもの)を報せてくれるだろう。いい番犬になってくれそうである。

桃太郎はいまも、仔犬の音吉の警戒を怠(おこた)ってはいない。毎夜、周辺を一回りするのは日課になっている。そのときも、この狆助を連れて歩けば、かなり役立ってくれるだろう。

「餌(えさ)なら、あたしが魚市場からいくらでももらってきますよ」

「それは助かるな」

桃太郎は、よかったなというように、狆助の頭を撫でた。

「それにしても遅いな」

「まあ、雨宮さまのことですから、愛坂さまと違って、すんなり捕縛とはいかないでしょう」

「だが、雨宮はともかく、鎌一あたりは足は速そうだぞ」

「ですが、指揮命令が的確でなければ、難しいんじゃないですか」

卯右衛門は、皮肉な笑みを浮かべて言った。

「お、来た来た」

海賊橋を渡って来るのが見えた。だが、雨宮と鎌一だけである。しかも、冴えない足取りと顔つきである。

「おい、まさか、逃げられたんじゃないだろうな？」

桃太郎は声をかけた。

「いや、捕まえました。捕まえはしたんですが……」

と、雨宮は口ごもった。なにやら妙ななりゆきになったらしい。

「人違いでもしたのか？」

「いや、間違いなく野郎でした。いえね、あの野郎、あそこから逃げ出しましたでしょう。そこからお濠沿いに二、三町ほど走りましてね」

「ずいぶん走ったな」

「そうなんです。だが、おいらたちも、負けじと追いかけたんですよ。すると野郎、なにを思ったか、濠沿いのクスノキの大木によじ登りましてね」

「それじゃあ猿だろうが」

「そうなんですよ。まさに猿まがいのすばしっこさで、ぴょんぴょんとてっぺんのほうまで登っていきました」

クスノキなら冬でも葉が繁っている。下からは、姿が見えなくなってしまったのではないか。

「だが、もう逃げようはないわな」

「それはそうなんですが、いつまでも上を見上げているだけだと、おいらたちも馬鹿みたいじゃないですか。野次馬もどんどん集まって来ましたし」

「なるほどな」

それはさぞかし面白い捕り物になったことだろう。

「それで、おいらはこいつに言ったんですよ。おめえだって、昔は猿回しをしてたんだ。登っていって、野郎を引きずりおろしてこいって」

雨宮が鎌一を指差してそう言うと、

「猿回しだからって、木登りが得意なわけじゃねえですよ」

鎌一は情けない顔で言った。

「それで、登ったのか?」

と、桃太郎は鎌一に訊いた。

「ええ。登りました。野郎は、てっぺんにしがみついてました。それで、あっしは野郎の足首を摑みまして、こうやってぐいぐい引っ張ったんですよ。すると、ついに手を放しましてね。そのまま下に落ちりゃあいいものを、あっしの上に落ちてきたからたまりません。あっしもいっしょに落っこちてしまったんです」

「だが、怪我はしておらぬではないか」

桃太郎は、鎌一の頭からつま先までを見て言った。

「ええ。ちょうど真下には又蔵さんがいたんです」

「ははあ」

「二人いっしょに落ちましたから、二人分の重みがのしかかりまして」

「ぺっちゃんこか？」

桃太郎は笑いながら訊いた。

「いや、ぺっちゃんこにはなりませんが、どうもあばら骨の二、三本にヒビが入ったかもしれません」

「なんてこった」

「なんとか歩けはしたので、いま、家まで連れてって来たんですけど」

と、鎌一が言うと、

「蟹丸が面倒をみてあげると言ってくれましてね。まあ、あの分では、ひと月くらいは捕り物どころじゃないでしょうね」

雨宮が弱った顔をして言った。

「それは大変だったな」

桃太郎は苦笑しながら言った。

「でも、まあ、いちおう手柄としては認められたみたいで、愛坂さまのおかげです」

雨宮と鎌一は、桃太郎に頭を下げた。

「それはよかったではないか。それはそうと、銀次郎の通夜は終わったが、葬儀のである。


もやるんだろう?」

と、桃太郎は訊いた。雨宮は、小さな手柄など狙っている場合ではないはずな
「明日です」

「どこでやる?」

「深川の醍醐寺って寺です。これには、東海屋千吉はもちろん、目玉の三次も来ることになってますし、まだ捕まっていない江戸の主だったやくざは勢ぞろいするんじゃないでしょうか」

「町方も警戒はするのだろう?」

「もちろんです。ぜったい騒ぎは起こさせないと、寺社方とも協力して、厳戒態勢を取ることになってます」

であれば、葬儀で揉める心配はなさそうである。

「跡目の話は出てないのか?」

と、桃太郎は訊いた。

「出ています。それについては、銀次郎の家で候補が集まって、話し合いをするらしいです」

「よく、そこまでわかったな」

桃太郎は感心して言った。

「町年寄の喜多村彦右衛門のほうから、お奉行に報告があったそうです」

「なるほどな。だが、銀次郎を刺した江戸橋の鱒蔵とかいうのが、一年後にはもどって来るんだろう？」

「無理ですね。もどっても、ほかの顔役が許しませんよ。だいたい、人殺しをしておいて、一年後にもどったら、後釜に座れると思うほうがおかしいですよね。鱒蔵もなに考えていたんだか」

「だから、うまく言いくるめられたんだよ、千吉に」

「どんなふうに言いくるめられるんですか？」

雨宮は、そんなことは無理でしょうという調子で訊いた。

「例えば、銀次郎が鱒蔵を刺そうとして、間違って自分を刺したんだと。それを証言するやつも用意しておくからと」

「なるほど」

「しかも、銀次郎は縄張りを目玉の三次に譲ろうとしていて、鱒蔵がそれを止めたんだとか、そんなふうに話をこしらえることもできるだろうが」

「なるほどねえ。愛坂さまは、やくざの親分もやれますよ」

「この際、わしが引き受けるか？」

「それ、ありですね」

雨宮は真面目な顔で言い、鎌一がわきで大きくうなずいた。

「馬鹿言ってんじゃないよ。それより、話し合いってのは、いつやるんだ？」

「今晩もやるらしいです。まあ、どうせ一晩では決まらないでしょうから、この先、何べんもやることになるでしょうね」

雨宮がそう言うと、

「今晩か。その話し合いが終わったあたりで、また、火付けが出るな」

と、桃太郎は言った。

「え？」

「銀次郎の通夜のときもあったよな」

「ええ」

「同じやつがまたやるんだよ」

「どういうことです？」

「わからんのか。千吉は、火付け騒ぎのおかげで、無事に家にもどれたのではないか。あいつは、自分が狙われているのを知ってるから、火付け騒ぎを起こし、町方だの火消し衆だのを動員して、敵を動けなくさせるのさ」

「ははあ」

「また、この狆助が活躍するかもしれぬぞ」

桃太郎はそう言って、狆助の頭を撫でた。

八

日本橋の銀次郎の家は、魚河岸を北に入った安針町にある。ここの裏長屋を二棟丸ごと借りていて、子分たちとともに住んでいた。いかにも、江戸のど真ん中を仕切る親分らしい住まい方だと、以前、桃太郎は感心した覚えがある。

夕方から、ここに、銀次郎一派の親分衆が、十人ほど集まっているという。

さすがに子分たちが取り巻いているので、なかの話はわからない。が、夜四つ（午後十時）を過ぎてもまだ終わらないところを見ると、だいぶ紛糾しているのだろう。

それでも、子分たちの動きが慌ただしくなった。

「そろそろ終わるな」

と、桃太郎が言った。

「ここでいいんですか？」

雨宮が訊いた。

むろん、長屋の周囲は町方が警戒しているが、そこからは離れた西堀留川に架かる荒布橋あたりに、桃太郎は待機していたのだ。

「いいのだ。風向きを考えろ」

「え？　北風ですね」

「千吉は、箱崎の家まで無事にたどり着きたいから、照降町あたりで火事騒ぎを起こしたいのだ。そうすれば、小網町界隈で半鐘が鳴らされ、火消しの衆も飛び出して来るだろうからな」

「なるほど」

「手っ取り早く火をつけるなら、わしは臭水（石油）を使うと踏んだ。それで、狆助には臭水のにおいと、火打ち石の音を覚え込ませておいた」

「ははあ」

そのとき、狆助が、

「ガルガルガル」

と、低く唸（うな）り出した。同時に鼻をくんくんさせている。

「狆助。におったのか？　臭水だな」

狆助の首には紐をつけてある。それを引っ張るように動き出した。やはり照降町のほうである。

いったん立ち止まり、耳をぴくぴくさせた。

「聞いているのだ。火打ち石を叩く音を」

狆助の首の紐を外した。

「どっちだ？」

狆助がいっきに駆け出した。

「向こうだ」

親仁橋（おやじばし）の手前を右に入った。

桃太郎たちも曲がると、ちょうど火の手が上がるのが見えた。商家の塀のところである。

「御用だ。動くな！」

雨宮の一声で、男が立ちすくんだ。

若い、痩せこけた男で、荒くれ者ではないらしい。

鎌一が慌てて、燃えているぼろきれを踏んで火を消した。桃太郎は、すこし離れて、狆助をなだめながら、褒美の煮干しを与えた。

「東海屋千吉のところの者か？」

雨宮が訊いた。

「知りませんよ。そんな人は」

「なんのためにこんなことをした？」

男はちらりと袂を見た。

すかさず雨宮は、その袂を探った。二分銀が出た。

「銭をもらったかい」

「このぼろきれと火打ち石もね」

「誰にもらった？」

「わかりませんよ。笠をかぶってましたから」

「町人か？」

「刀は一本だけでした。なりからすると、浪人でしょうか」

そんなものには誰だって化けられる。

とりあえず、こいつは照降町の番屋にぶち込んでおくことになった。詳しい尋問は、明日にしたらしい。

「さて、千吉はどうするかな」

と、桃太郎は言った。あてにしていた火事騒ぎが起きないのである。帰り道は、さぞかし物騒なことだろう。

安針町のほうに足を向けると、雨宮の同僚らしい同心がいた。

「東海屋千吉は出たかい？」

雨宮が訊いた。

「いや。今宵は銀次郎の長屋に泊めてもらうことにしたんだとよ」

同僚の同心が言った。

「それは安心だ」

と、桃太郎は笑って言った。

桃太郎が狆助を連れて、坂本町(さかもとちょう)のほうへもどり始めると、後から雨宮と鎌一が追いついて来て、

「愛坂さま。その犬はほんとに賢いですね」

と、雨宮は言った。

「そうだな」

犬というのは、本来、賢い生きものである。嗅覚や聴覚も人の何十倍も優れているし、人の言葉もずいぶん理解する。おそらく、犬の言葉でいろんな話もしているのだ。

それでもこの犬は、相当賢いほうだろう。

「譲っていただけませんか？」

雨宮は遠慮がちにそう言った。

「狆助を？」

「いくらかお支払いもします」

「金などは要らぬ。それより、どうするんだ？」

「連れて歩くんですよ。見回りのときも」

「ほう」

「又蔵がしばらく動けませんし、狆助だったら充分、代わりを務めてくれそうです」

「まあな」

たぶん、又蔵より役に立つだろう。

「それは、わしの一存では決められぬな」

「誰に訊けばいいので？」

桃太郎は狆助を見て、

「どうする、狆助？」

「くうん」

なにやら迷っているふうである。

「助けてくれよ。狆助」

雨宮が頼んだ。

「そこまで言われたら、犬として本望じゃないのか？」

桃太郎がそう訊ねると、狆助は尻尾を振りながら、

「わん」

と、一声啼いた。

家にもどると、九つ（夜十二時）近くになっていた。

朝比奈はぐっすり寝ていて、桃太郎が帰っても起きるようすはない。小用では

起きるが、物音では起きないらしい。

床を敷き、横になるが、眠けはやって来ない。今日はあれほど駆け回って、身体もずいぶん疲れているはずなのだが、なぜか眠けを感じない。

軽く一杯やるかと思ったとき、健身堂で買った薬があったことを思い出した。

「あれを試すか」

火鉢の引き出しから安眠夢楽丸を出し、炭をかきわけると、小さなやかんを使って煎(せん)じた。充分、煮出したところで、茶碗に入れ、ゆっくりとすすった。

色はきれいな緑色をしている。苦くもない。

茶碗一杯分を飲み終えて、ふたたび寝床に入った。

すると、身体がポカポカと温かくなってくるのを感じた。

――ほう。

身体の温かさに感心していると、すうっと眠りに落ちた。

寝不足がつづいていたせいか、あとは朝までぐっすりである。

明け方になって、桃太郎は夢を見た。

夢のなかで、幼児を追いかけて遊んでいた。

その幼児というのが、桃子ではないみたいなのだ。前に回ってよくよく顔を見たら、それはあんずではないか。

——どういうことだ。

桃太郎は夢のなかで、憤然としていた。

第二章　魚屋の饅頭

一

　桃太郎は、ときどき、自分でもよくわからない行動を取ることがある。

　それは歳のせいなのかと、心配になったりもする。ボケが始まったのか？　はたまた、欲望の押さえが利かなくなったのか？

　よく、歳を取って、涙もろくなったとか、怒りっぽくなったとかいう話は聞くが、桃太郎の場合、それはない。ただ、ものの見方が皮肉っぽくなった気はする。

　自分でもわからない行動と言っても、夜中にいつの間にか、箱根（はこね）の山を越えていたとか、食った覚えがないのに、釜（かま）の飯をぜんぶ食っていたとか、そういうのではない。

いまもそうなのだが、いつもより遅い朝飯を魚市場で食ったあと、ふらふらと山王旅所の境内に来ていたのだ。

こんなところに来たかったわけではない。ここの景色がとくにきれいなわけでもないし、散策がてらよく立ち寄るわけでもない。

来てみて初めて、

——あれ？

と、思ったのである。

それから、もしかして桃子と遊べないなら、あんずでもいいと思ったのかもしれないと気がついた。あんずでもいいわけはないのだが、人間というのは、自分ではわからないうちに、代用品を求めてしまうのではないか。ものすごく欲しいものが手に入らないなら、せめて似たようなものでもいいと。

来たときは、あの親子の姿はなかった。

しかし、しばらくしたら、あのあんずがよろよろしながら歩いて来るのが見え、すぐあとから、母親が姿を見せた。

「あら、おはようございます」

向こうから、挨拶してきた。すっかり顔なじみになったというふうである。

「うむ。あんたも早いね」

桃太郎も笑顔を見せた。

「この子が朝から歩きたがってしょうがないんです」

「そういうときなんだろうな」

歩くのが嬉しくてしょうがないのだ。桃子もそうである。人間は歩くことが楽しいのだとも思い知らされる。

「でも、目が離せないから心配で」

「そうだな」

桃太郎などは、桃子に紐をつけていたくらいである。いまとなると、なんだか馬鹿みたいだった気がする。

「だから、毎日、へとへとに疲れてしまうんですが、そのくせ、なぜか眠れないんですよ」

確かに母親は、目の下に隈ができている。

「眠れない？　いい薬があるんだがな」

と、桃太郎は言った。健身堂で買った安眠夢楽丸である。二日つづけて飲んでみたが、二日ともよく眠れた。滅多に薬など飲まないから、たまに飲むとふつうより効き目が強いのかもしれない。

「そんな薬、あるんですか？」

「ああ。持って来てやろう」

「え？」

「いいから、いいから」

桃太郎は、急いで長屋に取って返した。歩きながらハタと、

——なんで、わしはこんなことをしているのだ？

と、思った。もともと自分は、たいして親切な人間ではなかったはずなのである。

家にもどり、半月分もらっていたなかから、五日分を別の紙袋に入れて、引き返した。

「これがその薬だよ。わしも使ってみたのだ」

「まあ」

「あんたにも効くとよいのだがな」

「ええ。ぜひ飲んでみます。あの、お代を……」

「そんなことは気にしないでくれ」

「ありがとうございます。お稲と申します」

訊いてもいないのに名乗った。

「わしは、愛坂桃太郎と申す」

名乗られたら仕方がない。

「桃太郎さま？　では、桃子ちゃんはお爺さまのお名前から？」

「それがそうでもないんだ。偶然にな」

あんずが手を前に出しながらそばに来たので、思わず抱き上げてしまった。

あんずは嬉しそうに、足をぱたぱたさせた。

「おお、嬉しいのか。可愛いのう」

やはり桃子を思い出してしまう。

お稲たちと別れて海賊橋のほうにやって来ると、そば屋の前に大家の卯右衛門が出ていた。まだ店のほうは開いていない。

卯右衛門は桃太郎を見ると、

「あ」

と、宝くじの五等が当たったような顔をした。たぶん、頼みたいことでもあるのだろうと思ったら、案の定、そばに来て、

「愛坂さま。じつは、妙なことがありましてね」

「またかい」

桃太郎は苦笑した。

「いえね、そっちに〈魚仁(うおじん)〉という魚屋がありますでしょう」

楓川(もみじがわ)沿いの道の先を指差した。

「ああ、あるな」

桃太郎は、魚はたいがい魚市場の飯屋で食うので、そこではほとんど買わないが、朝比奈はよく目刺しや干物を買うらしい。

「そこで、近ごろ饅頭(まんじゅう)を売り始めたのですよ」

「魚屋が饅頭？」

なんか生臭そうである。あんこの代わりにイワシの頭が入っていたりしたら嫌である。

「妙でしょう？」

「ほんとに饅頭なのか？」

「どう見ても饅頭ですよ」

「はんぺんを丸くして、なかにマグロの切り身を入れたとか？」

「いやいや、ちゃんとあんこの入った饅頭ですって。だいたい、そのほうがよっぽど変ですよ」

「そうかな」

ふと思いついたのだが、おでんに入れたらうまそうである。

「そこのあるじは、定吉といいまして、あたしの幼なじみなんです」

「定吉？　だったら魚定じゃないのか？」

「魚屋は、あいつのおやじの仁吉さんが棒手振りから始めて、あそこに店を持ったんです。真面目な働き者でした」

「なるほど。それで魚仁だ」

「あたしがなんでお前が饅頭なんか売るんだと訊いたら、怒りましてね。お前の知ったこっちゃない、幼なじみだからって、商売の裏のことまで教えるいわれはねえと。そんなことで怒るようなやつじゃなかったんですよ」

「なんか都合が悪いわけだな」

「ええ、なにかあるんです。言えないことが。おそらくあたしに相談したい気持ちもあるんでしょうが、昔から痩せ我慢をするやつでしてね」

　卯右衛門はそんなふうに言った。

「言わないのは脅されてるからじゃないのか？」

　と、桃太郎は訊いた。

「そういうことなら、町方に相談するのでは？　八丁堀はすぐ近くで、同心の知り合いだっていっぱいいるんですから」

「ところが、自分に後ろめたいことがあると、町方に相談はできないのだ。悪事が明らかになってしまうからな」

　そうしたことも、やくざがはびこる原因になってしまうのだ。

「ああ、なるほど。だったら、なおさら心配ですね」

「まあな」

「愛坂さま。お調べいただけませんか。礼金はいつもどおりということで。お願いしますよ」

　卯右衛門はすがるように依頼してきた。これでは、断ることはできない。

二

とりあえず、魚仁を見に行った。

魚屋はすでに開いている。朝、魚河岸で仕入れてきた生きのいい魚が、店頭に並べられている。

よく見ると、店の隅の台に蠅帳が置かれている。そのなかに饅頭が入っているらしい。蠅帳から貼り紙が垂れていて、「おいしい饅頭　一個五文」と書かれている。

——誰が買うのか。

と、しばらくは遠目から眺めた。

すると、意外に売れるらしい。桃太郎が見始めてすぐ、七十くらいの婆さんが来て二つ買い、そのあとすぐ背中に赤ん坊を背負った若い女房が三つ買った。

桃太郎はその女房に近づき、

「魚屋の饅頭はうまいのか？」

と、訊いた。

「特別うまいってほどじゃないんですが、川向こうの饅頭屋まで行かずに済むので、つい買っちゃうんですよ」

「売れてるんだな？」

「そうみたいですよ。毎朝、四十個くらい並べるんですが、昼前にはたいがい売れてしまいますから」

「ほう」

赤ん坊の顔をのぞくと、すやすや眠り込んでいた。

桃太郎も買ってみることにした。

蠅帳をのぞくと、大福餅より大きめの白い皮の饅頭である。皮には、波模様のような線が三本、焼き印を押したらしく焦げ目がついている。

「粒あんか、こしあんか？」

と、桃太郎は訊いた。

「こしあんです」

あるじの定吉が答えた。

「二つくれ」

「へい」

定吉が紙袋に二つ入れている隙に、店の奥をのぞいたが、饅頭をつくるような道具は見当たらない。

どこか別のところでつくっているのか。それとも仕入れているのか。

「あんたのところで、つくってるのか？」

と、訊いたら、

「いや。むにゃむにゃ」

と、ぼそぼそと答えた。二度訊いても、たぶんはっきりした答えは返ってこないだろう。

歩きながら紙袋のなかを見ると、なかなかうまそうである。

家に持ち帰ろうかと思ったが、朝比奈はいま、甘いものをやめている。横沢慈庵に止められたらしいのだ。

じつは数日前にも、

「ちょっと慈庵の食いものの制限が厳しくなってきたのだ。病状が悪化しているのかもしれんな」

「そんなことはあるまい。あんた、顔色なんか昔よりいいくらいだ」

「だが、少しずつ痩せてきている」

そういうやりとりがあった。心配なので、今度、横沢慈庵に詳しく訊いてみようかと思っている。

仕方ないので、自分で食おうと思って、一つ手に取ったが、そこで考え直した。

うかつに食っていいものか。

もしかしたら、変なものが入っているかもしれない。だいたい、まともな饅頭なら菓子屋で売るのではないか。魚屋で売るというのは、やはり、なにかわけがあるのだ。

饅頭の紙袋を持って、そば屋の前に来ると、卯右衛門が待っていた。

「買ってみたよ」

と、桃太郎は紙袋を前に差し出して言った。

「ほら、売ってましたでしょう」

「あんた、この饅頭は食ったのか？」

「いえ。あたしは、あんまり甘いものは」

「食ってみなよ」

と、桃太郎は勧めた。

もある。

「そういうわけではないが」

と、桃太郎は口を濁した。そういうわけではないが、少しはそういう意味合い

「毒見ですか？」

「毒は入ってないでしょうよ」

卯右衛門は手に取った。

「だったら、もう、誰か死んでるわな」

桃太郎は、その饅頭をじいっと見ながら言った。

卯右衛門は、大きな口で半分ほどを食べ、ゆっくり噛んで、ごくりと飲んだ。

急に吐いたり、呻（うめ）いたり、目を見開いたりもせず、

「うん。まあ、ふつうの味です」

と、残りも口に入れた。

それから、桃太郎もおもむろに半分を食べ、

「そうだな」

と、うなずいた。

「なにか、わかりそうですか？」

卯右衛門は訊いた。

「饅頭屋の株仲間みたいなものはあるのかな？」

「聞いたことないですね」

「魚屋が饅頭を売ってはいけないという決まりはないんだろう？」

「ないと思いますよ」

卯右衛門もそば屋なのに酒も飲ませるし、卵焼きや天ぷらも売る。

「定吉に女房はいるんだよな？」

「います。最近は、近所にいる孫の世話につきっきりらしいです」

「ふうん」

女房に訊いてもわかりそうもない。女房にないしょでやらせているのかもしれない。

「難しいですか？」

「まずは饅頭の出どころだな」

もう一度、魚屋のようすを見張ることにした。

三

魚仁を川の反対岸から見張ろうと、材木河岸(ざいもくがし)を歩いていると、

「愛坂さま」

知らない娘から声をかけられた。

娘は笑っている。いかにも親しげな笑いである。ボケてしまって、自分の家族を忘れたのかと不安になる。

「誰？」

「わかりません？」

声には聞き覚えがある。

「蟹丸なんですけど」

「なんだ、蟹丸かあ」

軒先のつららが、いっせいに落ちたような気分になった。

「ぜんぜんわかりませんか？」

「そこまで変装されたらわからんよ」

「変装は大げさです」

白粉っけはまったくない。若い娘の、ピンと張った素肌が見えている。眉も描いておらず、細い眉が柔らかい曲線を描いている。

髷のかたちも町娘ふうで、むしろ幼く見える。

やっぱり、若いのだと痛感してしまった。五十過ぎた爺いが、微妙な気持ちを持つような相手ではない。

「元気か？」

「元気ですよ」

「どうしているか、見に行きたい気持ちもあったのだが、わしは千吉につけられているかもしれぬのでな」

「ええ」

「色付きの豆腐、昨日、又蔵からもらったよ」

又蔵の怪我はたいしたことはなかったみたいで、犬に仕事を奪われるかもしれないと思ったら、養生どころではなかったらしい。

豆腐は、赤や黒、紫に緑など色とりどりだった。

「はい。愛坂さまに食べてもらいたくて」

「うん、感心したし、味もうまかった。それに、あれは売り出したら、売れるんじゃないかな。面白がられて」

と、感想を言った。お世辞ではない。

赤と白の豆腐などはご祝儀に使えるし、黒と白ならお通夜の膳にも載せられる。紫の豆腐などは、豪華な宴席にも使えるだろう。

「そうですかね。そうそう。面白いと言ったら、豆腐屋の饅頭も面白いですよ」

蟹丸は思い出したように言った。

「豆腐屋の饅頭？」

「又蔵さんから聞いてないです？」

「聞いてないな」

「そっちの新右衛門町の豆腐屋で売ってるんです。豆腐屋の饅頭って面白いなあと思って。買ってはいないんですけど」

「そこでつくってるのか？」

「つくってはいないみたいです。どこかでつくったのを卸してもらってるんじゃないですかね」

「そうか。じつは、あっちの魚屋。見えるだろう？」

桃太郎は、川向こうの魚仁を指差した。

「はい」

「あの魚屋でも饅頭を売っているのだ」

「へえ」

「その謎を探ろうと思ってな」

「まさか、やくざが売らせてる?」

蟹丸は眉をひそめた。やくざのことでは、蟹丸も神経質になっているのだ。

「それはないと思うが、まだ、なんとも言えんな」

「じゃあ、お気をつけて」

蟹丸は小さく手を振って、店に入って行った。

なんのことはない。ここは又蔵の豆腐屋の真ん前だった。

新右衛門町は、ここからもすぐである。その豆腐屋に行ってみた。

又蔵の豆腐屋より、間口は二間分ほど広い。小僧も二人ほどいて、繁盛(はんじょう)しているみたいである。

店の隅を見ると、やはり饅頭が置いてあった。

〈美味　川端饅頭〉

と、貼り紙もある。

ここでも、買っていく客がいて、残りは四つになっていた。

「二つくれ」

小僧ではなく、奥にいたあるじらしき男に声をかけた。

桃太郎が武士だからだろう、こっちに出て来て、自ら饅頭を二つ、袋に入れた。ちらりと見ると、波線が三本。魚屋のと同じ饅頭である。

「なんで、豆腐屋で饅頭なんか売ってるんだ？」

と、桃太郎が訊くと、

「へっへっへ。別にあっしの店ですので、なに売ってもあっしの勝手でありまして」

愛想を半分まじえた、生意気な返事である。

「そりゃ、まあ、そうだわな」

「変ですか？」

「変だよ」

「そうですかねえ。そりゃあ、千代田のお城で饅頭を売り始めたら変でしょうが」

「なるほど。豆腐屋なら、そうでもないというのか」

けっこうきわどい軽口を言うやつである。

そこへ、店の隅にいたおかみさんらしき女が、

「まったく、この人が余計なことを始めるもんだから。知り合いに頼まれたんですって」

と、口を挟んだ。

「知り合いというのはやくざじゃないだろうな?」

「やくざですかね。訊いても言わないから、そうかもしれませんね」

「だとしたら、面倒なことになるぞ」

「だったら、あたしはすぐに奉行所に駆け込みますよ」

「うむ。それがいい」

おかみさんが桃太郎としゃべり出すと、

「余計なこと言ってんじゃねえ」

あるじは怒って店の奥に引っ込んでしまった。

桃太郎は豆腐屋を出て歩き出すと、

――やくざが饅頭を売るかね？

と、考えた。饅頭とやくざでは、あまりにも違和感がある。

だが、千吉のような悪党となると、やりかねないかもしれない。世間受けのすることで、あくどく儲けるということもやれるはずなのだ。

四

海賊橋のところまでもどって来ると、今度は雨宮たちとばったり会った。又蔵に鎌一もいっしょである。三人とも、どう見たって悪事を警戒しているというよりは、悪事を見逃してやろうという目つきである。狆助もいない。まだ雨宮を主人だと思っていないらしく、連れ歩けるまではもうすこしかかるらしい。

「おや、お買い物ですか？」

桃太郎が持っていた紙袋を指差して、雨宮が訊いた。

「うむ。そこの豆腐屋で饅頭を売っていてな」

「豆腐屋で饅頭？」

「坂本町では、魚屋が饅頭を売ってるのだ」

「うまいんですか？」

「食ってみるか？」

紙袋を差し出した。

「いや、けっこうです」

雨宮だけでなく、又蔵と鎌一も首を横に振った。

「そういえば、うちの近所の下駄屋でも、近ごろ饅頭を売り出してましたっけ」

と、雨宮は言った。

「下駄屋で饅頭？」

それは一段と意外である。魚屋や豆腐屋はいちおう食いものを扱う店だが、下駄屋で饅頭はないだろう。

「笑っちゃいますよね」

雨宮は、笑って終わりらしい。

「わけは訊かなかったのか？」

そういうことこそ探ってみるべきだろう。

「なあに、どうせ、ちっとでも儲けたいというみみっちい魂胆ですよ」

この男は、「わたしは悪党です」という名札を下げていないと、怪しいとは思わないらしい。

「ふうむ」

桃太郎は、行かずにはいられない。


雨宮のところの近所なら、亀島町(かめじまちょう)だろう。

いまからそこへ行きたいが、すでに饅頭の紙袋がある。

山王旅所の境内に寄ってみた。

今日もあんずと母親がいた。

「あら、愛坂さま」

お稲は今日も愛想がいい。どういう素性の女なのか、興味はあるが、変に突っ込みたくない気持ちもある。

「あんたたち、饅頭は食べるかい?」

「甘いものは大好きです」

「だったら、これ、食べてくれ。知り合いに無理やり買わされたのだ」

適当なことを言って、紙袋を渡した。

「まあ、おいしそう。いただきます」

「あんずちゃんにも食べさせて大丈夫かな?」

珠子は、虫歯になるからと、甘いものはあまり食べさせていない。

「はい、大丈夫ですよ」

お稲は、饅頭を小さくちぎって、あんずの口に入れた。

おいしそうに食べる。口の端からよだれが垂れるところは、いかにも可愛らしい。

「じつは、この饅頭は豆腐屋で売っているのだ」

と、桃太郎は言った。

「豆腐屋で? 面白いですね」

「しかも、売れているらしい」

「ふつう、豆腐屋さんの饅頭なんて、おいしいわけないと思ってしまいますけど」

「うむ。逆に食べてみたら意外においしいとなるのかな」

「それで話題にもなるんでしょうね」

「なるほどな」

魚仁で饅頭が売れているのも、それかもしれない。

「そこでつくっているんですか？」

と、お稲が訊いた。

「いや、つくってはおらぬな。どこからか、仕入れているみたいだ」

「そうですよね。豆腐屋さんは、朝からいろいろやることがあるから、饅頭つくってる暇はないでしょうしね」

「大豆と小豆は違うしな」

「ほんとに」

お稲と話していると、長居をしてしまいそうである。それくらい、人の話を逸らさない。水商売の経験でもあるのかもしれない。

「では、またな」

桃太郎にはやることがある。

五

亀島町の下駄屋にやって来た。

ここもおそらく、同心が自分の敷地につくった建物で、そこを下駄屋が借りているのだろう。亀島町の町並には、そんなところが多い。

下駄のかたちの大きな看板がかかっている。

奥に何人か職人がいて、それぞれ違う作業をしている。

ここも店舗の隅の蠅帳に、饅頭が入っている。

〈硬い下駄屋のやわらかい饅頭〉

と、貼り紙があった。

「頼む」

桃太郎は奥に声をかけた。

「下駄ですかい？」

あるじらしき男が訊いた。

「饅頭をくれ」

桃太郎がそう答えると、男はまだ二十歳前後くらいの若い男に、

「おい」

と、声をかけた。

「へえ」

立ち上がってやって来たのは、明らかに弟子である。

「一つでいい」

一つくらいなら、自分で食ってもいい。

ここのも波線が三本入っている。

「下駄屋が饅頭って、変わったことを始めたな」

と、桃太郎は小声で言った。

「そうなんですよ。旦那が急に言い出したことなんで。弱ったもんです」

弟子はちらりと後ろを振り向き、苦笑して言った。あまりあるじを怖がっているようには見えない。

「わけありかな?」

「へっへっへ。どうなんですかね」

「ここでつくってるわけじゃないだろう?」

「朝、饅頭屋が届けに来るんです」

「どこの饅頭屋だ?」

「新川(しんかわ)あたりから来てるみたいですよ。届けて来るのは小僧ですけどね」

新川に行けば、わかりそうである。

桃太郎は、その新川へやって来た。饅頭は、途中の霊岸橋(れいがんばし)の上で、川の流れを見ながら食べてしまった。

新川は川の名前でもあり、このあたり一帯の町の名でもある。霊岸島のなかほどにあたり、新川は人工の運河で、両脇に酒問屋が並ぶことでも知られる町である。

じっさい、川沿いの通りに入ると、ぷうんと酒の匂いがしてきた。

運河には荷船が何艘(なんそう)も入ってきていて、あちこちで荷揚げがおこなわれている。酒問屋のほかには、醬油の問屋や、酢の問屋なども多い。

それと、横道に入るといくつか目につくのは、唐物屋である。唐物つまり清国(しんこく)から入ってきた品を扱うのだ。その多くは、茶道具や工芸品、書物などである。当然、高価なものがほとんどである。

さらに、唐物には抜け荷の品が多い。目付だったころ、とある旗本が抜け荷に関わっているというので、しばらくここの唐物屋を張り込んだこともあった。

また、抜け荷には、阿片(あへん)がからんだりもする。

それくらいだから、ここはちょっと独特の、怪しげな雰囲気がある町なのである。

——その饅頭屋というのも、そうしたつながりなのか？

あの饅頭には、三本の波線が、焼き印で押してあった。

饅頭屋を探して歩いていると、

〈川端饅頭〉

という旗を立てた店を見つけた。

あの波線三本は、川の意味かと思い、なかを覗くと、やはりあの饅頭を売っていた。ここでは一個四文で売っている。

思ったより小さな店で、いろいろな店にまで卸すほどいっぱい饅頭をつくっているようには見えない。

あるじとおかみさんが二人で小豆を煮ているらしく、温泉みたいな匂いが外に流れてきている。配達しているという小僧の姿は見当たらない。

「ちと、訊きたいのだがな」

と、声をかけた。もう、饅頭を買う気にはなれない。

「なんでしょう？」

たぶん名前には「熊（くま）」の字がつくのではと思えるむくつけきあるじが、こっちを向いた。

「わしは、楓川の近くにある長屋に住む者なんだがな、魚屋と豆腐屋と下駄屋が、ここの饅頭を売っているんだ。どういうわけなのか、知りたくてな」

桃太郎がそう言うと、あるじはそっぽを向き、

「わけなんざ別にありませんよ」

と、機嫌悪そうに言った。

「ほかにも饅頭は卸しているのかい？」

「旦那も卸して欲しいんですか？」

「いや、わしは要らぬ」

「別にあっしから頼んだわけじゃないんでね」

「そうなのか？」

「向こうさんが売りたいって言うから。あっしのとこは、もともとここらの水茶屋なんかには卸してますんで。どこに卸そうがいっしょですよ」

あるじがそう言うと、わきからおかみさんが、

「でも、ずいぶん安くしてんじゃないか」

「やかましいや」

「水茶屋には三文で卸してるのに、なんであの人たちには二文なんだい？」

「やかましいと言っただろ」

険悪な雰囲気だが、おかみさんのほうが強気な感じである。

「まあまあ、わしは単なる好奇心で訊いたのでな。夫婦喧嘩までしなくてもよいではないか」

桃太郎は、仲裁までしてしまった。

川端饅頭の店を出て、ふと思ったのだが、どうも、魚屋、豆腐屋、下駄屋、饅頭屋の四人には、なんとなく似たところがある。

威勢はいいが、どうも空威張り(からいば)りみたいなのだ。

——やくざというより、女がらみじゃないかな？

桃太郎の勘である。

六

女がらみだとすると、大きな悪事がからんでいるわけではない。だいたいが、饅頭と悪事というのは、あまりにも関係がなさ過ぎる。

ということは、逆にあいつらは話さないのだ。話さなくても、他人に不都合はないし、後ろめたさもない。ひたすら自分だけの問題なのだ。

——こりゃあ難しいな。

新川から、卯右衛門のそば屋にもどって来た。

卯右衛門は窓から見ていたらしく、外に出て来て、

「愛坂さま。お寒いでしょう。なかでそば茶でも」

「いや、寒くなんかない。そこで茶を一杯いただくか」

なかが混んでいるとき、客が座って待てるように、軒下に細長い竹製の縁台が置かれていて、そこを指差した。西に傾き出した陽が差していて、見るからに暖かい。そのわきに置いてある紅梅（こうばい）の盆栽が、数輪花を咲かせていた。

「わかりました」

と、卯右衛門はすぐにそば茶を入れてきて、桃太郎のわきに座った。

「順調そうですね」

「うむ。あと、坂を一つだな。だが、ここが難関なんだ」

「そういうものでしょうね」

卯右衛門もしかつめらしくうなずき、いっしょに腕組みした。

魚屋、豆腐屋、下駄屋、饅頭屋の四人のうち、誰がいちばん口を割りそうだろ

うかと考えるうち、店先のようすが思い浮かんだ。

——そうか。そこで突っつくか。

こういうのは、町方に手伝わせるといいのだが、雨宮に頼むほどではない。

どうしようかと思っていると、ちょうど雨宮たちがやって来たではないか。

南茅場町のほうから来たので、おそらく大番屋で取り調べの手伝いでもしていたのだろう。

雨宮は桃太郎を見るとすぐに近寄って来て、

「愛坂さま。大変なことが起きましたよ」

そう言って、卯右衛門を立たせ、自分がそこに座った。

「なんだ、雨宮。そんな大変なことをわしに話してもよいのか?」

と、桃太郎は言った。

「え?」

「秘密かもしれないだろうが」

「いや、いずれ伝わるはずですから」

「そうか」

「じつは、銀次郎を刺して逃亡した鱒蔵なんですが、千住宿で殺されました。

一昨日の夜のことです」

「もう殺されたのか」

桃太郎もそれには驚いた。どうせ殺されるだろうが、一年ほど隠れてもどってきてからだろうと思っていた。

「しかも、旅籠の風呂場でぐさりです。けっこうな乱闘だったみたいですが、夜中だったので、誰も気がつかなかったそうです。それも変な話ですが」

「仔犬の音吉か」

「そう思われますか？」

「やつの手口だろうな。そうか、千住宿に出張してたか」

このところ、やつの気配がなかったのは、江戸を留守にしていたからだったのだ。そうと知っていれば、そのあいだくらい桃子と遊べたのにと思うと、悔しい気持ちになる。

「また、江戸に来るのでしょうね」

「来るだろうな」

「次は誰を狙うんでしょう？」

「銀次郎の後釜にすんなり座れるかで、狙う相手も違ってくるだろうな」

「そうですか」

「それより、ちと、鎌一に頼みたいことがあるんだがな」

と、桃太郎は、六尺棒に寄りかかるようにして立っている鎌一を見て言った。

「いまですか？」

「うむ。すぐそこで、ちょっとだけでいい」

「わかりました。どんどんこき使ってやってください。鎌一、おいらは先に奉行所に帰ってるぜ」

鎌一は雨宮を見送って、

「なんでしょう、愛坂さま？」

と、嬉しそうに訊いた。

「うむ。じつはな……」

桃太郎は、考えた手口を説明した。

「そんなことなら、お安い御用です」

亀島町の下駄屋にやって来た。

桃太郎が、さっきと同じように饅頭を買おうとすると、

「なんだ、これは？」

と、大声がした。

鎌一が憤然としている。

大きな下駄の看板が出ていて、そこに鎌一の六尺棒がぶつかった。というより、わざとぶつけたのである。

「どうしました？」

下駄屋のあるじが奥から慌てて出て来て訊いた。

「道にこんなものをはみ出させていたら、危ないだろうが。引っ込めろ」

「引っ込めろと言われましても、それはぶら下げているのじゃなく、取り付けてありまして、のこぎりで切ったりしなきゃなりません」

「だったら、切れ」

有無を言わさぬ口調である。

そこへ、桃太郎が口を挟んだ。

「おいおい、あんた、それは横暴だよ」

「でも、これはあっしらが急いで捕り物に飛び出すとき、邪魔になります」

「まあ、そう堅いことは言わずに」

と、桃太郎は巾着から一朱銀を取り出して握らせ、

「これで勘弁してくれ」

「え、こんなに？」

「いいんだ。取っておけ」

と、なだめて帰らせた。握らせたのは、鎌一への礼金でもある。

「お武家さま、ありがとうございます」

下駄屋のあるじは頭を下げた。

「なあに、そんなことはいいんだ。それよりわしは、なんで下駄屋が饅頭を売るのか、不思議でな。理由を知りたいわな」

助けてもらって、さすがに嫌とは言わないだろう。桃太郎の目付時代から得意にしてきた小芝居である。

「理由ですか」

あるじは顔をしかめた。

「新右衛門町の豆腐屋でも、急に饅頭を売り出したたし、坂本町の魚屋もなんだ」

「ははあ」

「あんたの知り合いかい？」

「いや、知り合いなんかじゃありません」

「川端饅頭の店は知ってるだろう？」

「そこから饅頭を仕入れているんです。でも、店がどこにあるかは知らないんです」

背後に誰かいるのだ。

「そんなに言いたくないことなのか？　わしはなにもあんたを咎める気なんかないぞ。あんな奉行所の中間のようなやつとは違うのだ」

恩着せがましい感じをにじませて言った。

「わかりました。わけを知っている者がいます。その家もお教えします。お武家さまがじかに、それに訊いていただければ」

「あいわかった」

七

桃太郎は永代橋を渡って、深川にやって来た。

深川蛤町上二丁目。

ここに遊郭が並ぶ一角がある。

木場の旦那衆などが来るところではない。連中は、料亭に羽織姿の深川芸者を呼んで、粋な遊びをするが、ここらはそんな上品なところではない。遊びなどはいっさいなしで、ただ溜まった欲望を吐き出すところである。

いまは夕方の少し前。提灯に火が灯り、猥雑な賑わいを見せる刻限には、まだ早い。

桃太郎は通りをゆっくり歩き、教えられた名前の看板がないので、引き返して、格子窓の向こうで煙草を吹かしている女に話しかけた。

「ここらに竜宮屋という店はあるかい？」

「竜宮屋なら隣だよ」

女は煙で隣を示しながら言った。

「そこか」

大きな建物だが、看板などは外されている。

「でも、もう商売はやめてるよ。うちに上がんなよ。いいよ、いまからでも」

女は人の好さそうな顔を見せて言った。

「うむ。生憎だが、今日は別の用でな」

「そうなの。じゃあ、さっさとお行き、爺い」

笑顔ほど人は好くないらしい。

桃太郎は隣の元遊郭の前に立った。

それらしい造りだが、窓は閉じられ、ひっそりしている。

「ごめんよ」

と、戸を開けた。

すると、玄関口に女がいて、下駄の鼻緒(はなお)を取り換えているところで、

「うちはもう、やってないよ」

と、けだるそうに言った。

「わかっているよ。だが、まだ、おごんさんという人は、ここで暮らしていると聞いたんだがな」

「ああ、そうなの。おごんちゃん！」

二階に向かって叫んだ。

「なんだい？」

と、返事がした。

「おとっつぁんかな？　お爺ちゃんかな？　おごんちゃんを訪ねて来たよ」

「なに言ってんだい？」

「借金取りかも」

「……………」

余計なことばかり言うので、

「違う、違う。借金取りなどではない。ちと、訊ねたいことがあって参ったのだ。悪気もなければ催促もしない。ただの年寄りだ」

と、自分で言った。

「だったら、上がって来て」

桃太郎は二階に上がった。

女はそろばんを弾いているところだった。わきには、なにやら書付もある。読み書きそろばんがちゃんとできるらしい。

小柄で、おとなしそうな顔をしている。少し鼻が低いが、愛くるしい感じもある。

女は桃太郎をじいっと見て、

「前にもここに？」

と、訊いた。

「いや。初めてなんだ。わしは、川向こうの海賊橋近くに住んでいる愛坂桃太郎という者だがな」

「桃太郎さん？　ここは、鬼ケ島じゃないよ」

　機転も利くらしい。

「それは、わかっている。だから、今日は犬も猿も雉も連れて来ていないだろう」

「ほんとだ。それで？」

「わしが住む町内の魚仁という魚屋で、饅頭を売り始めたのだ」

「ああ」

　なんだ、そのことか、という顔になった。

「おかしなことをするものだと思ったら、新右衛門町の豆腐屋や、亀島町の下駄屋でも饅頭を売り出したというではないか」

　桃太郎はそこまで言うと、

「お武家さまは、町方の旦那かなにかで？」

　と、少し不安そうに訊いた。

「いや、そうではない。わしは好奇心が強いらしくてな、奇妙なことに出遭うと、その裏に隠れた事情をどうしても知りたくなる性質なのさ。それで、魚屋も豆腐屋も下駄屋も、皆、新川の川端饅頭で仕入れているとわかったのだ。それで下駄屋のあるじにしつこく訊ねると、それはこちらのおごんさんに直接訊いてくれと」

「わかりました。それで、お話ししてもかまいませんが……」

おごんは、目の前のそろばんをぱちりと弾いた。

桃太郎はすぐに察して、巾着を取り出し、

「これで頼む」

と、二朱銀を差し出した。深川の遊郭で、女と床を共にする代金より、はるかに高額である。

「そんなに」

と、おごんは目を瞠った。

「正直なところを頼む」

「わかりました。じつは、あたしのここでの年季は、あと五年残っていたんです。ところが、ここの旦那が身体を壊しましてね。柳島村のほうに引っ込んで養生すると。それで、この店をそっくりほかに譲る手もあったのでしょうが、どうも善行を施したほうが、身体の治りもよいと考えたらしくて、お前たちの借金はすべてなしにするから、自由の身になりと言ってくれたんです」

「それはめでたい」

と、桃太郎は言った。

「ええ。ところが、あたしたちって、急に自由の身にしてもらっても、稼ぐすべがないんですよね」

「あんた、読み書きそろばんができるではないか？　どうにでも、暮らしは立つんじゃないのか？」

「旦那。いきなりどこかの女将さんにでもなれればいいですが、そんな口はなかなか見つかりませんよ」

「そんなもんか」

「料亭の仲居の口も当たったんですが、前はなにしてたかを言うと、嫌な顔をされちまうんですよ。嘘言っても、こういうところになじんだ感じが出ちゃうんでしょうね。情けないことですけど」

「なるほどな」

それはわかる気がする。

「それで、思い起こしたら、なじみの客のうちに、おごんの年季が明けたら、おれが面倒見てやるよと、つねづね豪語してた客が何人かいたんです」

「ははあ」

「訪ねて行きました」

「いざ来られたら、焦っただろう？」

「もう、焦りまくりです」

と、おごんはそのときのようすを思い出したのか、手を叩いて笑い、

「約束どおり面倒見ておくれと言ったら、いまは無理だ、五年先までにはなんとかするつもりだったと、どいつもこいつもそれですよ」

「口だけか」

「ええ。でも、こっちも必死ですよ。いっしょにいた妓には、ほかの店で稼ぐと移ったのもいますが、あたしはもう二度とこんなことはしたくないですから」

「そうだな」

「その大言壮語したのは、魚屋、豆腐屋、下駄屋、それと饅頭屋。ほかにもいますが、とりあえずここらがどうにかなりそうだったんです」

「なるほど」

「それで、饅頭屋に安く品物を卸すようにさせ、それを魚屋、豆腐屋、下駄屋で売ってもらうようにしたわけです。饅頭は、あいつのところはこしあんで、しかも大きめにつくってあるので一個四文で売ってました。それを二文で卸させ、五文で売らせたんです。あたしのところには二文を寄こせと。まあ、珍しさもあって、買ってくれるんじゃないかと期待したんです」

「うん。売れてたよな」

「ええ。最初は、一店で二十個も売れたらいいかなと。よく売れるので、四十個に増やしました。まあ、饅頭屋も原価はもっと安いですから損はしないですし、魚屋たちも一文ずつでも儲けになります」

「すべてあんたが考えたのか？」

「ええ」

　おごんはそろばんをパチパチと鳴らした。

「それで、あんたはここにいるだけで、二百四十文」

　桃太郎は感心した。長屋の暮らしくらいなら、それで充分成り立つし、少しずつ金も貯められる。

「脅したつもりはありませんよ」

「だろうな」

「あたしには、誰もついていません。やくざは嫌いです」

「それは素晴らしい」

「でも、それくらいはしてくれてもいいんじゃないかと」

「うむ。わしも、こういうところに来て、そんな大言壮語した男なら、饅頭くらい売るのは当然だと思う」

と、桃太郎は言った。

「あたしもあの人たちの商売のようすを見ましてね、無理な注文はしていないつもりなんです。ずっと売らせるつもりもないですし。だから、もう一人、大口を叩いた人がいて、その人には別な頼みをするつもりでいるくらいでしてね」

「よく、わかった。頑張ってくれ」

桃太郎は立ちあがった。

おごんは階下まで見送りに来た。

「そのうち、南茅場町あたりで飲み屋でもやるつもりですので、旦那、よろしかったら飲みに来てくださいな。提灯には〈おごん〉と名を入れるつもりですので」

「うん。立ち寄らせてもらうよ」

　桃太郎は、空約束はしない。

八

「そういうことでしたか」

　桃太郎の報告に、大家の卯右衛門は大きくうなずいた。桃太郎は報告がてら、ここで晩飯も食べている。天ぷらそばだが、そばは半分にしてもらった。

「遊郭で大言壮語したツケが回ったのだな」

「笑っちゃいますね。あ、そうそう。これは、あたしが依頼したことですので」

　と、卯右衛門は巾着から礼金を差し出した。

「いつもすまんな」

　出費もあったが、充分に元は取れた。

「ところで、なんという妓楼です？」

「深川の〈竜宮屋〉という妓楼だそうだ」

「竜宮屋……」

卯右衛門の顔が一瞬、変わった。桃太郎は見逃さない。

「どうした？」

「え、別に」

「女の名前は、おごんというそうだ」

「おごんですか」

平静を装ったが、頬がぴくぴくしている。

「あんた、知ってんだ？」

「いやいや、知りませんよ。そんな滅相もない」

卯右衛門はそう言って、帳場のほうへ引っ込んで行った。


翌日――。

桃太郎がいつもより遅めに魚市場で朝飯を食べてもどって来ると、そば屋から慌てて卯右衛門が出て来て、待っていた女の袖を引き、川端の柳の木陰に入った。女はおごんだった。桃太郎は、その隣に立つ桜の木陰に隠れた。

卯右衛門が、

「なんで、家にまで来るんだい？」

と、おごんをなじる声が聞こえた。

「だって、約束を守ってもらうには、来るしかないでしょ」

「約束と言ったって、あたしは五年後のつもりだったから」

卯右衛門の弁解も他の男たちと同じである。

「早くなったから、約束はなしとはいきませんよ」

「それはやれるだけのことは」

「南茅場町のお湯屋の隣の家は、卯右衛門さんの家作なんですってね。あそこをあたしに貸してくださいよ」

「あそこは、あんた、高いよ」

「だから、面倒見るつもりで、半額にしてもらえたら」

「半額……」

「そのかわり、卯右衛門さんが飲みに来たときは、安くさせてもらいます。そういうところがあれば、いろいろ便利に使えますよ」

「そうかもしれんが」

卯右衛門は迷っているが、まもなく承諾するだろう。

おごんは交渉ごともうまい。ちゃんと、苦界とは縁を切り、暮らしを立てて行くことができるだろう。女もあれくらいしたたかにならなければいけない。

桃太郎は、卯右衛門が気づかないよう、さりげなく離れるつもりだった。

だが、そのとき――。

ちょうど近くをお稲とあんずが通りかかったのだが、おごんがお稲を見て、

「え？」

という目をしたのである。

驚きというほどではない。それが親しさにも変わらなければ、恨みのような悪意にもならない。ただ、旧知の人に思わぬところで出会ったという表情である。

――ふうむ。

桃太郎には、それがなんとなく気になったのだった。

第三章　怪しいおもちゃ

一

暦は二月（旧暦）の半ば。暖かな昼下がりである。

朝比奈留三郎は、庭のほうも戸口や台所の窓も、ぜんぶ開け放って風を入れ、陽だまりで日光浴をしていた。

この日光浴もたっぷりするように、医者の横沢慈庵から言われている。陽を浴びながら、ゆっくりと深呼吸を繰り返せと。そういえば、貝原益軒（かいばらえきけん）の『養生訓（ようじょうくん）』にもそんなことが書いてあった。

慈庵はどちらかというと蘭方（らんぽう）の医者だから、『養生訓』を持ち出したのではないだろうが、日光浴の効能は、洋の東西を問わず、真理なのかもしれないと、朝比奈は思った。

そのとき、戸口からなにか白いものが飛び込んできた。

――ん？

紙を丸めたものである。どうやら投げ文らしい。

通り過ぎたのは、一軒置いた向こうの珠子姐さんではなかったか。外から家にもどるときに、それを投げ入れたらしい。いまは、家にもどったような音も聞こえた。

朝比奈は立ち上がって、それを拾った。広げると、きれいな女文字で、

おじじさま
ご相談したいことが
珠子

と、書いてあった。

もちろん、おじじさまとは朝比奈のことではない。だが、朝比奈から桃太郎に渡してもらえると思ったのだろう。

もちろん、朝比奈はそれを二階の桃太郎に届けた。

二階では、桃太郎も、窓辺で日光浴をしているところだった。慈庵が朝比奈にやるように言われたことは、桃太郎もやっている。病を治すのに効果があることは、病の予防にも役立つのだ。

「おい、桃。珠子さんがこれを投げ入れて行ったぞ」

朝比奈は珠子の文を広げて見せた。

「なになに、相談したいこと？」

桃太郎は、心配そうな顔になって、

「弱ったな。どうしようか」

「まだ、直接、珠子さんのところには行けぬのか？」

「うむ。どこで見られているかわからぬからな」

おそらく仔犬の音吉も、千住からこっちにもどって来ているだろう。

「そうだよな。桃が珠子さんのところに行っているときに、物売りがやって来る。それが千吉の手下とも限らぬからな」

さすがに朝比奈も、元目付だけあって、警戒するコツはわかっている。

「どうしようか」

「とりあえず、わしが訊いて来ようか？」

「留がか」

桃太郎は、それも不安である。

朝比奈は庭を見て、

「梅の盆栽がいくつもあるよな。一つを珠子さんにあげることにして、水やりの注意をしながら話を聞くというのはどうだ？」

「それはいい。頼む」

と、桃太郎は手を合わせた。

珠子は、家に入ると、投げ文の反応を待った。

桃太郎は、このところ、桃子に危害が加えられるのを避けるため、まるで他人になったようにこっちとは接して来ない。

だが、どうしても相談したいことができた。

本当はわざわざ相談するようなことではないのかもしれない。だが、珠子はやけに気になるのだ。不安な気持ちすらあるのだ。こういうことを相談できるのは、あのおじじさましかいない。

同心の雨宮も喜んで相談には乗ってくれるだろうが、その先が頼りにならない。

――おじじさまなら、この不安な気持ちをわかってくれる……。

そう思って、投げ文を入れたのだ。

桃子は疲れて眠ってしまった。さっきまでその手には、この不思議なおもちゃが握られていたのだ。

「ごめんよ」

声がした。桃太郎ではない。

「そっちの朝比奈だがな」

「あ、はい」

珠子は立ち上がって、戸口のところへ行き、戸を開けると、

「まあ、きれい」

思わず言った。

紅梅が咲き誇っている。この鉢を持って、町を歩きたいくらいあでやかである。匂いも目に見えるくらい濃い。

朝比奈は、それを手渡してくれながら、

「代わりにわしが聞くよ。わしでは頼りないかもしれぬが、大丈夫。聞いたことは、そのまま伝えるのでな」

と、小声で言った。

「ありがとうございます。じつは、今日、どうしても来てくれというお座敷がありまして、昼だし、なじみの〈百川〉だし、行って来たんです」

「桃子もいっしょにだな」

「ええ。そこはしょっちゅうおじじさまと行っていて、女将さんも顔なじみで、桃子もなついているんです。それで、お座敷に出ているあいだも、女将さんが桃子と遊んでくれていました」

「うむ。それで？」

「桃子は二階には来ないで、ずっと一階の帳場のあたりをちょこちょこ歩き回っていたそうですが、そのうち、いつの間にか、これを摑んでいたらしいんです」

「おもちゃかい？」

「桃子はおもちゃのようにしてました」

珠子は、持っていたそれを、朝比奈に見せた。

小さなもので、軸の両側に団子をつけたようなかたちで、団子のところは赤や黄色などの、きれいな色が塗られている。

「これをな」

「女将さんは、あたしが桃子に預けていたものだと思って、そのまま握らせていたんですが、あたしはこんなもの、与えていません」

「ふうむ」

朝比奈は、こんなおもちゃがどうしたという顔である。

「もちろん、女将さんも初めて見たものだし、宴席の前には全館きれいに掃除をしますから、こんなのがあったら気づいたはずだというんです」

「二階の客の誰かが、厠(かわや)に行くときにでも、桃子にくれたんじゃないのかい？」

「いえ。厠に行くほうにも階段があるので、二階の客は桃子がいるあたりには来るはずがないんです」

「そうなのか」

「結局、持って帰ってしまったんですが、すごく嫌な感じがしてるんです。返そうにも、誰に返したらいいかわからないし、持ち主を探したりしても、また嫌なことに巻き込まれそうな気がするんです」

「捨てたらどうだい？」

「そんなことをしたら、もっとまずいことになりそうです」

「…………」

朝比奈はますますわからないという顔である。

「嫌な感じがするのは、あの宴席のせいかもしれません。町年寄の喜多村彦右衛門さまが主催したもので、何人か、あまり評判の良くない人も来ていたんです」

「やくざかい？」

桃太郎がいま、やくざの揉めごとに関わってしまって、いろいろ難儀していることは、朝比奈も知っている。

「やくざじゃないんですが、儲けっぷりがあくどいと評判の人たちです。裏の商売に関わっているという噂もあります」

「裏の商売？」

「抜け荷とか」

「なるほど」

「それともう一つ、宴席が終わって、お開きというときの喜多村さまのようすが、なんとなくおかしかったんです」

「どんなふうに？」

「なにか納得いかないことが起きたみたいな感じでした」

「ふうむ」

「あたしの見間違い、思い違いかもしれないんですが」

と、珠子は言ったが、そうは思っていない顔である。

「勘は馬鹿にできないさ。桃なんか、その勘でどれだけ手柄を立てたか」

「そうですか。それで、とりあえずこれを、おじじさまに見てもらえたらと思ったんですよ」

「わかった」

朝比奈はうなずき、手のなかのそれをしげしげと見た。

奥のほうで眠っている桃子が、少し愚図りそうな声を上げた。

二

朝比奈は家にもどると、待っていた桃太郎に、珠子から聞いた話をそのまま語った。

「怪しいおもちゃか」

「思い違いかもとは言っていたがな」

「いや、珠子の勘は馬鹿にできぬ」

と、桃太郎は言った。

「そうなのか」

「だいたい、あれの三味線を弾いているところを見たことがあるか？」

「わしはないな」

「あれは、三味線をこう持ってな、棹（さお）のところはまったく見もしないで、どんな曲でも弾いてしまうのだ。あれは勘がよくなかったら、できるわけがない」

「……………」

朝比奈は、それは別だろうという顔をしている。

「それで、おもちゃというのは？」

「これだ」

と、朝比奈が持って来た鍋の蓋を開けた。

「なんだ。鍋に入れてきたのか」

「珠子さんが入れてくれたんだ。梅の鉢のお礼みたいだろう。咄嗟（とっさ）に考えたんだから、気が回るよな」

「ああ。珠子は賢いのだ。だいたい、あれは歌を三百以上覚えているというのだ。三百だぞ。この世に、そんなに歌があるとは知らなかった。まあ、珠子があれだけ賢いのだから、その血を引く桃子も、間違いなく賢いだろうな」

「わかった、わかった。それより、このおもちゃを桃子がすごく気に入っていて、ないと泣くかもしれないと言っていたぞ」

「そうか」

であれば、取り上げるのは可哀そうである。

「とりあえず、じっくり見てくれ。そうしたら、また返して来るよ」

「わかった」

細い棒の両脇に、団子みたいなものがついている。これは、独楽（こま）かもしれない。きれいな色がついていて、棒はもちろんだが、これも木でできている。そう重いものではない。赤ん坊でも、かんたんに振ることはできるが、ただ、顔に当たったりしたら痛いのではないか。

桃太郎は振ってみる。

——ん？

かすかにカタカタと音がする。おもちゃと言われればおもちゃみたいだが、しかし、なにか変な感じがする。いわゆるニギニギだったら、持ち手のところを、赤ん坊が持ちやすくするのではないか。それに、カタカタという音も、もっと大きくする。

「おもちゃかね」

桃太郎は首をかしげた。

「飾りものかな」

と、朝比奈が言った。

「どうかな」

桃太郎はなんとも言えない。

ただ、江戸にはなくても、田舎のほうに行くと、変なおもちゃとか置き物はいろいろ存在している。妙なものが飾ってあると、それは地元の神さまの縁起物だったりする。人形にも、これ、飾るか？　と、首をかしげたくなる変なものもあったりする。

これは、細工や色づけもなかなか精巧なものである。土産物などだったら、けっこうな値がついているのではないか。

「歯固めというのもあるかな」

朝比奈がまた言った。

確かに歯が生えたばかりの赤ん坊に嚙ませて、歯を丈夫にするというおもちゃもあったりする。

「いやあ、それはないだろう。赤ん坊の口で嚙めるようなところがない。嚙めるのは棒のところくらいだが、そこを嚙むには、両端の独楽みたいなやつが邪魔になる」

「そうだな」

桃太郎は、考えるときに必要になると思い、かんたんな絵を描いた。色もじっさいには塗らないが、「ここは赤、ここは青」というように書き込んでおいた。

さらに、物差しであちこち寸法も測った。

「もういいかな」

「じゃあ、返して来よう」

と、朝比奈はまた鍋にそれを入れ、台所にあった人参も見えるようにして入れた。おすそ分けのお礼のようである。

もどって来ると、

「ちょうど桃子が起きたところで、半べそをかいて、あれを探していたよ」

「そうか、よかった、よかった」

桃太郎はだらしない顔で笑った。

三

桃太郎は、百川に行ってみることにした。

すると、海賊橋を渡ったところで、朝比奈がかかっている横沢慈庵と会った。

「いまから朝比奈さまのお宅に行くところでした」

若い弟子を連れた慈庵は言った。

「ちょうどよかった。わしも伺いたかったのですが、どうです、朝比奈の具合は？」

「ええ。落ち着いてますよ」

「そうですか。当人は、慈庵さんが食いものなどについて厳しくなってきたので、悪くなっているかもしれないと心配してましたが」

「ああ。わたしもいろいろ文献を調べたり、同業の医者と患者の処置について報告し合ったりしてましてて、効果がありそうなことはなんでもやらせていますのでね」

「なるほど」

「とくに悪くなっているということはありません。ただ、油断できない病ですので」

「そうでしょうな」

「愛坂さまは不調は？」

「ちと、眠れなかったりしたのだが、売薬を二晩ほど飲んだら、効いたみたいです」

「ほう。なんという薬です？」

「安眠夢楽丸というのですが」

「あれが効きましたか？」

慈庵は意外そうな顔をした。

「効くのはおかしいのですか？」

「中身はほとんど葛根湯といっしょでしてね。ま、葛根湯は万能薬と言われていますから、効いても不思議はないかもしれません」

「……」

桃太郎は滅多に薬を飲まないので、たまに薬と名がつくものを飲むと、なんにでも効くのかもしれなかった。

日本橋北の浮世小路にある百川にやって来た。

ずいぶん久しぶりのような気がする。一時期は、珠子のお座敷のときは、桃子を背負ってしょっちゅうここに来ていた。

「愛坂さま。お久しぶりで」

と、女将にも言われた。

「珠子がお座敷を控えているのでな」

「そうですよね。今日はずいぶん無理を言って来てもらっちゃって」

「うむ。それで、桃子がここでおもちゃを見つけたそうじゃな」

「そうなんですよ。珠子ちゃんはずいぶん気味悪そうにしていてね。でも、桃子ちゃんがあんまり気に入ったみたいだから、あたしが、平気よ、持って帰んなさいと勧めちゃったのよ」

「まあ、毒はなさそうだったしな」

「ええ。あたしも、最初見つけたとき、桃子ちゃんが舐めたりしそうだから、よく洗ったんですよ」

「そうなのか」

「変な臭いもしなかったですよ」

「どこで見つけたのかな」

「たぶん、このあたりに落ちていたと思うんですよ」

と、女将は階段の下あたりを指差した。

「上から転がって来たのかもしれないわけか」

「ええ」

「そのときは、お座敷は一件だけだったのかい？」

「はい。喜多村さまが主催したものです」

「よくやってるのかい？」

「いいえ。二度目です。年末にやったのが好評で、また、やってくれと、ずいぶん言われたみたいで」

「どういう会なんだ？」

「南蛮酒(なんばんしゅ)を楽しむ会なんです」

「南蛮酒を？」

「喜多村さまは、異国の酒がお好きみたいで、いろいろ集められているんです。それで、それをいっしょに飲んだり、持ち寄ったりして」

「わしはあまり飲んだことはないが、うまいのかね？」

「そうですね。あたしにはなんとも。少しありますので、試してみます？」

「いや、いいよ」

と、桃太郎は断わったが、

「ちょっとだけ、ちょっとだけ」

女将は帳場の裏から色のついたギヤマンの瓶を持ってきた。

「変わった味ですから、ものは試しで」

と、ギヤマンのおちょこに注いでくれる。

よく聞く血のような色の葡萄酒ではない。黄色くて、いかにもとろりとしている。

口に含むと、噎せるくらいの強烈な酒精の味わいが広がった。

「強い酒だな」

「ええ。水で薄めて飲む方もおられますよ」

だが、独特の味わいで、飲みつけると癖になるかもしれない。

桃太郎は、格子模様の細工がなされた赤いおちょこを見て、

「これも南蛮製のおちょこかい？」

「ええ。喜多村さまは、こういうのもいろいろ集められているみたいで、それも披露してましたね」

「なるほどな」

と、桃太郎はうなずき、二階を見せてもらうことにした。

「ここです」

いくつか部屋があるが、今日の宴席は三十畳ほどある広間でおこなわれたという。

「階段にも近いな」

いまはお膳などもすべて片付けられ、だだっ広いだけの空間になっている。

「そうですね」

あれは転がすこともできる。襖(ふすま)をちょっと開けて、転がしてやると、ころころと廊下から階段を下り、一階まで行ってしまうかもしれない。

そのさまを想像しながら階段を下りると、

「あれ？　この階段は前からこんなふうだったか？」

と、桃太郎は首をかしげた。

段ごとに、分厚い絨毯みたいなものが貼られている。

「いいえ、つい最近、貼ったんですよ。滑りやすくしていると、酔っ払ったお客さまが落っこちることがあるんです。この前も、三井のご隠居さまが、足を滑らせまして、幸い、たいした怪我はなかったんですが、滑らないようにしなくちゃいけないと」

「そうか」

ここだったら、あれが転がっても、あまり音はしないだろう。

階段は途中の踊り場で、帳場のほうに行くのと、一階の奥の厠などがあるほうへと分かれるようになっている。桃子は、帳場のあたりでうろうろしていたはずである。まっすぐ落ちて行けば、厠のほうに行くが、なにかの加減で向きが変わることもあるのではないか。

あれを持って来て、試してみたい気がする。

「ところで、珠子は、お座敷の終わりごろに、喜多村彦右衛門のようすがおかしかったと言っていたのだが、思い当たることはないか？」

桃太郎が訊ねると、

「ははあ」

女将は大きくうなずいた。

「あるのか？」

「ええ。なにが変とは言えないんですが、喜多村さまが最後まで残って、ご自分がお持ちになったギヤマンのおちょこを、じいっとご覧になってました」

「喜多村のお宝なのかな」

「だと思います。桐の箱に入れてありましたから」

「ふうむ」

喜多村に直接、話を聞いてみたいが、もう少し手がかりみたいなものが欲しい。

四

桃太郎は帰って、おもちゃの偽物をつくってみることにした。つくることで、あれがなんなのかが、わかるかもしれない。

さらに、偽物を桃子が持っている本物と取り換えれば、じっくり探ることもできるというものである。無理やり取り上げればかんたんだが、なにせ、桃子を泣かしたくない一心だから、いろいろ手間がかかるのだ。

ただ、あれと同じようなものを一からつくるのは大変である。すでにあるものを、うまくつくり変えたい。

通一丁目にあるおもちゃ屋に寄り、代用できるものを探した。

細かい寸法を記した紙も持ってきている。それと照らし合わせながら、いろんなおもちゃに物差しを当てたりしていると、

「なにをなさっておいでで?」

と、店主にうさん臭い目で見られた。

「いや、孫のおもちゃにしたいのだが、間違って飲み込んだりしたら大変だろうよ。それで、口より大きいか、測っているのだ」

桃太郎は、きれいな色のついた独楽を手にしたまま言った。

「お孫さんは、カエルみたいなお顔ですか?」

「カエル? なにを言っておる。間違いなく、江戸でも一、二を争うくらいの美人になると言われているくらいだぞ」

桃太郎は憤然として言った。

「ですが、そういうお顔でないと、その独楽を飲み込むのは難しいと思われますが」

「赤ん坊の口というのは、小さく見えて、けっこう伸縮自在なのだ。それにもののはずみということもあるしな」

「はあ」

店主は、この客はあまり突っ込まないほうがいいと思ったらしく、手代に目配せをして、奥に引っ込んで行った。

独楽だと、軸の先が尖り過ぎているので、これは削ったりすることになりそうである。それより、ダルマ落としの台のほうが、細工はしやすいかもしれない。

結局、独楽をいくつかと、ダルマ落としを二揃い買った。

夕飯がまだだったので、総菜屋で天ぷらを五種類と握り飯を一つ買い、家にもどるとそれを食べながら細工にとりかかった。

ダルマの頭のところは使わない。使うのは、木槌で叩く胴体のところで、五つに分かれたうちの二つを使うことにした。

ちょっと小刀を入れてみると、やはりダルマ落としの台のほうが木質が柔らかく、細工に適していた。

まず、輪切りに半分にした。

振ると音がしたということは、なかが空洞になって、そこになにか入っているのだ。

それで真ん中をくり抜き、なにか入れられるようにした。

あとは錐で穴を開け、軸になる棒を埋め込んだ。

たいして器用ではないのだが、こういうことを始めると、ムキになってしまう。夜中までかかって、二つ、似たようなものができた。

――なかに、なにを入れるかだな。

また、木を削るのも面倒である。

見ると、火鉢に炭があった。炭なら、適当な大きさに削るのはかんたんである。

一つには、その炭を入れて、糊でくっつけた。

――なかなかいいではないか。

振ってみる。ちょっと音が軽い気がする。

――もっといいのはないか。

と、家のなかを見回した。

同じようなおちょこが、揃いであったので入れてみる。

――うん。重さはこんな感じだったな。

音も近いような気がする。

問題は、これで桃子がだまされるかである。赤ん坊と言っても、自分が気に入ったものはちゃんとわかったりする。ましてや、桃子は母親の歌声を聞き分けたりして、鋭いところがある。

桃太郎は思案し、金魚と亀の絵を付け加えた。さらに、どうせならと、犬と猫も描き込んだ。

にぎやかにはなったが、ずいぶん安っぽくなってしまった。


翌朝――。

出来上がったおもちゃを、桃子が持っているものと取り換えたい。

だが、見張っている者がいて、何度も朝比奈が行ったり来たりするのは怪しまれるかもしれない。

雨宮に手伝わせてもよいが、町方の出入りも変かもしれない。

――そうだ。卯右衛門に頼むか。

大家が店子のようすを見に来ても、なにもおかしくはない。

桃太郎は魚河岸で朝飯を食べ、まだ開いていない卯右衛門のそば屋に顔を出した。

「おや、愛坂さま」

卯右衛門は、調理場にはおらず、客席のほうでもっぱら金勘定に余念がないようだった。朝の金勘定というのは、なんとなく見苦しい。

「じつは頼みがあってな」

と、訳を話すと、

「そんなことはお安い御用ですよ」

かんたんに引き受けてくれた。

「お礼の代金も払おうか」

と、桃太郎は訊いた。朝から金勘定をする男にものを頼むのである。

「なにを言ってるんですか。それより、あたしの相談を聞いてくださいよ」

と、卯右衛門は調理場でそばを打っている倅のほうをちらりと見て、声を低めた。

「なんだい？」

「外へ行きましょう。外へ」

　と、店の前に置いた縁台に座り、

「じつは、愛坂さまがお会いになった深川のおごん」

「ああ」

「あたしのところに来ましてね」

「あんたのところに？　なんでまた？」

　と、桃太郎はとぼけた。

「いやあ、恥ずかしい次第なんですが、あたしもおごんのなじみの一人でして」

「な、なんと」

　桃太郎はおおげさに目を剝き、

「あんた、まだ、そんな元気があったのか？」

「いや、元気はそうでもないんです。隣組の仲間と酔っ払ったとき、調子に乗って上がったのが最初だったんですが、あの妓は、なんと言うか、話も上手でしてね。しかも、なかなか賢くて、どうも商売の才能までありそうなんですよ」

「そうだな」

「それであたしも、図に乗って、年季が明けたらあたしのところにおいでと」

「言ったんだ。それで来たんだ？」

桃太郎は笑いそうになるのを堪えて訊いた。

「そうなんですよ。それで、空いていた店を貸すことにしました。最初の一年は半額でね。それで儲かったら、全額払うようにすると。まあ、あの女のことだから、間違いなく儲かるでしょう」

「だろうな」

「そしたら、あたしも、もっと大きな店をあれに貸そうかと思ってるんですが」

卯右衛門は、訊きもしないのに、結局、洗いざらいしゃべってくれたわけである。

「それで、なにが相談なんだ？」

「いや。あれをそこまで信頼していいものかと、ちょっと不安になりまして」

「なんだ、そんなことか。いや、わしもいいと思うぞ。おごんの飲み屋は間違いなく流行ると思うし」

桃太郎の正直な感想である。

卯右衛門とおごんは、商売上手同士で、いい仲間になりそうだった。

五

桃太郎がそば屋の前で待っていると、卯右衛門はすぐにもどって来た。あまりに早いので、桃太郎はてっきりしくじったかと思いきや、

「これですね」

と、懐からあのおもちゃを取り出した。

「そうだ、そうだ。桃子は起きていたのか？」

もし、寝ているあいだに替えたとしたら、あとで愚図るかもしれない。

「起きてましたよ。それで、あたしがこれは愛坂さまがこしらえたんだと言って珠子さんに渡しますと、珠子さんは桃子ちゃんに、これ、じいじがこさえたんだって、と声をかけたんです」

「そ、それで……」

「もうね。桃子ちゃんの顔がぱあっと輝きましてね。じいじ、じいじと駆け寄って来たんですよ」

「……」

桃太郎はその光景を想像して胸が詰まってきた。

「それから、珠子さんがあれを渡したら、なんですかね、あれは。天からの授かりものでも見るような顔をして、それをパッと取りまして、それまで持っていたこれなんか、もうね、ぽいですよ。ぽいっ。ゴミでも捨てるみたいに放りまして。それで、あれを振りながら、じいじ、じいじと言って、踊ってました」

「ううっ」

桃太郎は泣くのを堪（こら）えるのに必死である。

「やっぱり、愛坂さまの匂いみたいなものを感じたのですかね」

「いや、まあ、そういうことだろうな」

泣くのをごまかして笑ったから、くしゃくしゃの顔になった。

「でも、これはきれいなものですねえ」

と、卯右衛門は取り換えたおもちゃをじいっと見て、

「桃子ちゃんも、こんなきれいなものより、あれを喜ぶというのは、将来、あまり趣味のいいおしゃれはしないかも」

「馬鹿を言うんじゃない」

桃太郎は卯右衛門の失言をたしなめ、

「さて。現物があれば、あとはじっくり探るだけだな」

と、言った。

まずは家にもどると、このおもちゃを畳の上に置き、悪党を裁くときのようににらみつけ、使い道を考えた。

もしかして、これを使って、とんでもない悪事をするつもりなのか。

じつは、こう見えて武器になっていて、火をつけると、爆発したりするのか。

桃子がこれを振って遊んでいたと思うと、背筋が寒くなる。

だが、臭いを嗅いでも火薬の臭いなどしないし、だいいち百川の女将はこれをよく洗ったと言っていた。洗ってしまったら、火薬も爆発はしないだろう。

これがなにかの一部ということもあるかもしれない。以前、珠子の家にあった巨大なエレキテルは、ばらばらにすることができた。これも、なにかの一部なのか。しかし、これは木でできている。木でできた器械は、いくら悪意を込めてこしらえても、たいした威力は持てないのではないか。

いくら考えてもわからない。

桃太郎がつくったおもちゃは、もう一つ、手元にある。桃子にやったのは、なかにおちょこを入れたほうである。こっちは炭が入っている。

——そうだ。偽物のほうを、あんずに使わせてみるか。

ああいう赤ん坊のほうが、逆に本来の役目がわかるかもしれない。

桃太郎は、もう一つの手製のおもちゃを持って、山王旅所の境内に向かった。

お稲とあんずは、今日もいた。

これだけ会うというのは、しょっちゅうここに来ているのか。

桃太郎はおもちゃを見せながら近づいて、

「じつは、こんなものをもらったのだ」

「なんですか、これは？」

「あんたはなんだと思う？」

桃太郎はお稲に訊いた。

「なんでしょう。お祭りのときに使ったりするんですかね」

「祭りのときにな」

それはないとは言えないかもしれない。神具や仏具にも、変なものがある。

「でも、下手な金魚とか亀の絵が入ってますよね」

「……」

下手は余計だろう。

「こっちは犬と猫のつもりなんでしょうけど、どっちが犬で、どっちが猫かの区別もつきませんね」

「………」

「おもちゃですか？　まだ、あんずくらいの子どもが遊ぶものかもしれませんね」

「うむ。わしも、おもちゃの気がするが、じつはなんなのか、よくわからぬのさ。それで、あんずちゃんにあげたら、喜ぶのかなと思ってな」

「あんず。愛坂さまがこれ、くれるんですって」

だが、あんずはたいして欲しそうにしない。

お稲が握らせると、
喜んで振っている。だが、なかに入っているのは炭だから、あまりいい音はしない。振っているうち細かく砕けて、そのうち音もしなくなるだろう。

――こっちにもおちょこを入れてやればよかったかな。

そう思ったとき、桃太郎の頭のなかに、春風が吹いたような気がした。

――そういえば、喜多村彦右衛門は南蛮のおちょこをじいっと見ていたと言っていた。あれもそうだったのか！

　そう思った。

　見た目ではわからなかったが、どこかに箱根細工みたいな仕掛けがあって、開けられるはずなのである。

　急いで家に引き返そうとしたときだった。

　別のほうから、

「おゆき、こっちよ」

　という声がした。七、八歳くらいの女の子たちが数人で遊んでいる。

　遊んでいたあんずが、パッとそっちを見た。

　しかも、駆け寄ろうとした。

「どうしたの、あんず」

　お稲が追いかけて抱き上げた。

「まったく、どこ行くかわかんないんだから」

　あんずが足をぱたぱたさせているのを見ながら、桃太郎は家に引き返した。

六

　桃太郎は、またもそのおもちゃを畳の上に置いた。

　目を近づけ、じっくり見る。どうも近くが見にくくなっている。遠くだったら、ずいぶん離れたひとの顔も判別できて、いっしょにいる者をびっくりさせたりするのだが、近くのものになると、目がチカチカしてくる。それでも目を凝らす。

　箱根細工というのは、どこか一か所を外すと、どんどんずらして行って、しまいには蓋などが開いたりする仕掛けなのだ。

　これもどこかが外れるのではないか。

　だが、ほうぼうを爪で引っかいたりしても、どこも外れたりはしない。

　ただし、細い隙間があるのが、爪で引っかくうちにわかった。隙間はぐるりと回っている。

　――ははあ、これか。

　両方の手のひらを丸い玉のところに密着させ、力を入れてひねった。

パカッと音がして、二つに割れた。

するとなかからギヤマンのおちょこが出てきた。

——ほう。

赤というより紅色に近い。それも澄んだ紅色で、陽に透かすようにすると、宝石のように見える。しかも、下半分はざらつくような手触りで、手にしっくりと納まるのだ。

——これであの南蛮酒を飲んだら、さぞかしうまいのだろう。

もう片方も、同じようにひねると、やはりなかから同じようなギヤマンのおちょこが出てきたが、こっちは青い色をしている。この青がまた、青空とはまた違う深い味わいで、ずっと見つめていたくなるほどきれいな色だった。

これは二つで組になっているのだろう。

茶器にも、名のある品があるように、これもそうした有名な品なのかもしれない。

そして、このおもちゃに似せたものは、これを盗むための小道具に過ぎなかったのではないか。

桃太郎はギヤマンのおちょこを元にもどし、そのおもちゃらしきものを持って、百川にやって来た。

「あら、愛坂さま」

「女将。これの謎が解けた」

桃太郎はいささか自慢げに言った。

「まあ」

「おもちゃなんかじゃなかった」

「なんなんです？」

「盗みの小道具だよ。中身を元の持ち主に届けるつもりだが、その前に試したいことがあるのだ。ちょっと上がらしてもらうぞ」

「どうぞ、どうぞ」

桃太郎は二階に行き、宴会が行われたところから、これを階段のほうへ転がしてみた。

するとと、ころころと転がり、踊り場を過ぎ、厠があるほうの一階へ落ちた。次もやはり、厠のほうに落ちた。

ところが、三度目に試すと、今度は途中で方向が変わって、帳場があるほうに落ちた。

「なるほど」

　と、桃太郎は納得した。

　ふつうは、狙いどおりに転がって厠のほうに行くのだが、なにかのはずみで方向が変わり、帳場のほうへ行ってしまうのだ。あのときは、たまたま帳場のほうへ落ち、しかもそこに桃子がいたのだろう。

「女将。あの宴会のとき、階段の向こう側に誰かいなかったかい？」

　と、桃太郎は訊いた。

「ああ、そういえばいましたね」

「誰？」

「あれは博多屋さんの手代だったと思います。そんなところでなにをしているのかと訊いたら、あるじが足元がおぼつかないので、厠に行くとき手伝わなきゃいけないと言ってましたよ」

「博多屋というのは？」

「最近のしてきている唐物屋なんですが、ちょっと、評判はよくないですね」

「どんなふうに」

「抜け荷を扱っているんじゃないかって。噂ですけどね」

女将は、人差し指を口に当てながら言った。

「抜け荷どころか、盗品も扱うのだろうな」

「まあ。そういえば、その手代がやって来て、桃子ちゃんのことを訊いてました。宴会のとき可愛い赤ん坊がうろうろしてましたねって、ついでみたいな感じで訊かれたので、気にしなかったのですが」

「なに？」

桃太郎の背中に寒けが走った。

「珠子ちゃんの子だとは言いましたが、まずかったですか？　あ、どうしましょう」

大いにまずいが、言ってしまったら、もはや仕方がない。

「いつのことだ？」

「今日です。昼前です」

まだ、昼間である。

「愛坂さま、どうしましょう」

女将は責任を感じたらしく、足をばたばたさせた。

「大丈夫だ。いくら悪党でも、こんな真っ昼間は動かぬ」

桃太郎は急いで喜多村家に向かった。

七

喜多村家は、百川からはすぐのところである。

浮世小路を出て、右に行けば、喜多村家の入り口になる。敷地はさほど広くはなく、町方の与力の家と大差はないが、黒光りする瓦といい、太い柱といい、紅を混ぜた壁土といい、いかにも金がかかった造りになっている。しかも、通りの斜め向かいは、越後屋(えちごや)という、江戸の目抜き通りに面している。

町年寄の喜多村家には、大勢の人が訪れる。それはそうで、江戸の自治を支えるのが、町名主と呼ばれる者で、これはおよそ二百五十人ほどいる。その頂点にいるのが、奈良屋(ならや)、樽屋(たるや)、喜多村の三人の町年寄で、三名主ともいわれている。

訪問客のための部屋もある。

待っているのが四、五人いて、桃太郎も待たされるのかと心配したが、元目付と名乗ったのが利いたのか、あるいは愛坂という名に心当たりでもあったのか、すぐに別室に通された。

ここがまた、南蛮の部屋のようで、椅子が並べられ、真ん中に四つ足の卓が置かれてある。

——わしは紅毛人かい。

と、胸のうちでつぶやいた。

どこに座るのかと戸惑っていると、すぐに喜多村彦右衛門が現われ、

「これは愛坂さま。お噂はかねがね」

丁寧に頭を下げて、桃太郎を窓を背にする上座へと座らせた。

桃太郎は、以前、評定所だかでちらりと見かけたことはあったが、直接話すのは初めてである。

歳は五十くらい。にこやかな笑みを浮かべ、若旦那がそのまま大人になったような、軽さと鷹揚さを感じさせる。しかし、その力といったら、元目付の桃太郎より、遥かに広範で強大なはずである。

「噂？」

「目付時代の辣腕ぶりも伺ってましたし、珠子姐さんとの間柄も」

「む」

さすがによく知っている。ならばその分、こっちも気兼ねはいらない。

「して、今日は？」

喜多村が上目遣いに訊いた。

「じつはこれなのだが」

桃太郎は、例の謎のおもちゃを懐から出した。

「これはなんでしょう？」

「昨日の喜多村さんのお座敷のとき、わしの孫が百川を訪れていて、どうも二階から転がってきたこれを見つけたらしい。それでおもちゃとして遊んでいたが、わしはそれをおかしいと思ったのだ」

「ははあ」

「それで、いろいろ試した挙句（あげく）、こうしてみた」

と、桃太郎は喜多村の前で、手のひらに力を入れてひねってみた。すると、真ん中が二つに割れ、例のおちょこが現われた。

「これは喜多村さんのものではないかな？」

「なんと」

喜多村の顔に喜びが溢れた。

「百川で無くなっていたのでは？」

桃太郎が訊くと、喜多村は一瞬、言うか言うまいか考えたようだが、

「というより、偽物に替えられていたのです」

と、白状した。

「なるほど」

「そうですか、これに隠して襖の隙間あたりから転がしたのですか」

喜多村は、そのときの状況が想像できたらしく、何度もうなずいた。

「やはり、高価なものなのかな？」

「はい。わたしは茶器よりもギヤマンの器が好きで集めているのですが、これはそのなかでも自慢の逸品でして、韃靼国の王族が愛用していたとされるものです」

「韃靼のな」

どこかはわからないが、まあ、異国の一つなのだろう。

「誰がしたことかは、わかるのかな？」

「見当はついていますが、なにせ証拠はありません」

「階段の下では、博多屋の手代が待っていたらしい」

「やはり、そうでしたか」

「疑っていたのだな」

「ええ。ただ、立場上、騒ぐわけにはいきませんでした。もともと博多屋は、招きたくなかったのですが、別の唐物屋に懇願されまして」

「それで、これはこのままあんたにお返しする」

「ありがとうございます」

喜多村は深々と頭を下げた。

「ただ、おそらくわしのほうはそれだけではすまぬはず」

「もしや……」

「向こうもわしの孫が手にしたと見当がついたらしい」

「それは……」

「おそらく、博多屋の手の者が、今晩にも珠子のところに来る」

「でしょうな。博多屋なら、やりかねません」

「それで、どうするかだ。とにかくわしは、孫の無事を第一としたい。博多屋を喜多村さんが丸め込めるならそれでもいいし」

「いや。あの人は駄目でしょう。町方に動いてもらいましょう。単なる盗みでも、これは金にすれば百両はくだらないものですし、じつはほかにもあたしが握っている悪事がありますので」

「そうか」

「すぐに手を打ちます。お孫さんには、指一本、触れさせません。もちろん珠子さんにも」

珠子の名を言ったときは、喜多村の目がきらりと光った。

「うむ」

「愛坂さまには、大きな借りをつくってしまいました」

喜多村は、桃太郎が返した二つのギヤマンを、愛おしそうに撫でながら言った。

「いや、なに」

桃太郎は言葉を濁したが、この貸しはもしかしたら役に立ってくれるかもしれないと、内心では思っていた。

その夜、五つ（午後八時）もだいぶ過ぎたころ——。

珠子の家の前に、三人の男たちが立った。

「ごめんなさいよ」

「はい？」

夜なので、低く三味線をつま弾いていた珠子は、立ち上がって戸を開けた。

「博多屋だよ。先日はどうも」

六十くらいで、小柄な体格だが、目には怖いような光がある。後ろには、手代らしき男が二人ほどいて、どちらも若く、幕下の相撲取りくらいに肥えている。手代の仕事よりは、あるじの用心棒のほうで活躍しているのだろう。

「あら、まあ。こんな夜分にどうなすったんで？」

「うん。ちっと急な用事ができてな。昨日の宴席のとき、あんた、赤ん坊を連れて来てたよな？」

博多屋が家のなかを見回しながら訊いた。

「ええ、まあ」

「あの赤ん坊はどうしたい？」

「いま、預かってもらってますが」

桃子は二階で、又蔵と鎌一に遊んでもらっている。

「その赤ん坊だが、あそこでおもちゃみたいなやつを拾わなかったかい？」

「ええ。拾ってました。あれは、博多屋さんのものだったんですか？」

「そうなんだよ。ずいぶん探したんだけどね」

「ちょっと待ってください」

と、珠子は棚の上からそれを取って、

「これですか？」

あのときと同じものである。桃太郎からもどしてもらっていた。なかには、素焼きのおちょこが入っているらしい。

「それそれ。すまんが、返してくれないかい？」

「うちのが、なんだか気に入ってしまってて」

「ああ。じゃあ、これはあんたの赤ん坊にやってくれ」

博多屋は小判を一枚、珠子の手に押しつけた。

「そんな、要りませんよ」

「いいから、取っといてくれ」

そこへ声がした。

「たかが子どものおもちゃになんでそんな大金が出るんだ？　もしかしたら、盗んだものでも入っていたのか？」

声は奥の部屋の、半分閉まった襖の陰から聞こえた。

「え？」

博多屋は珠子を見て、

「おめえ、芸者のくせになんか企(くわだ)てたのか？　ふざけんじゃねえぜ」

大店のあるじらしからぬ、乱暴な口を利いた。

「博多屋さん。あたしに文句を言うのは逆恨みってもんでしょ」

珠子は、すっと背筋を伸ばして言った。

「なんだと」

博多屋は摑みかかろうとする。

「おっと」

珠子はすばやく奥の部屋のほうに逃げた。

代わりに奥から、十手を構えた雨宮五十郎が現われた。

「おい、博多屋。そのなかに入っていたものは、すでに喜多村彦右衛門に返したぜ。なんでも韃靼とかいう国の王族が愛用していたお宝なんだってな」

「ううっ」

「こすっからい盗みをしやがって。だいたいてめえんとこの店は、抜け荷の件で内偵を進めていたのさ。この際、洗いざらい明らかにさせてもらうぜ。神妙にしやがれ」

十手を持った手をくいっとひねってみせた。それは、なかなかさまになっている。

「糞っ」

博多屋たちが逃げようとすると、外ではすでに、与力一名のほかに、同心や岡っ引きなど捕り方が十数人、立ちはだかっていた。

体格のいい手代二人もこうなると観念するしかない。

三人はたちまち後ろ手にされ、縄をかけられた。

こうしたようすを、桃太郎は朝比奈といっしょに、一軒おいた二階の窓から眺めていた。

「これで一安心だな」

と、朝比奈が言った。

「ああ。それにしても、雨宮はずいぶんいい役をもらったものよ」

桃太郎からしたら、どう見ても、重過ぎる役柄だった。

八

翌日――。

桃太郎はどうしても気になることがあり、深川の竜宮屋までおごんに会いに行った。竜宮屋の前に来ると、なにやら引っ越しがおこなわれている。この建物は買い手を探していて、見つかるまではおごんもここにいていいことになっていたらしいが、どうやら買い手が見つかったらしい。

二階に向かって、

「おごんさんはいるかい？」

と、声をかけると、

「あら」

窓から顔を出した。

「すまんな、忙しいところを」

「いいえ、いいんです」

と、おごんはすぐに下まで下りて来た。

「引っ越しかい？」

「そうなんですよ」

「じゃあ、手っ取り早く要件を済ましちまおう。じつは、先日、あんたがそば屋の卯右衛門のところに来ていたのを見かけたんだ。卯右衛門はわしが住む長屋の大家でな」

「そうだったんですか」

「そのあと、卯右衛門から店のことも聞いたよ。別に、わしは訊ねもしなかったのだが、嬉しそうにしゃべってたよ」

「あの人らしいわね」

　と、おごんは笑った。

「だが、訪ねたのは、別に卯右衛門の代理とか、あいつをかばおうとか、そういうことではない」

「なんでしょう？」

「覚えているかどうかわからぬが、あのとき、あんたは女と子ども連れを見かけなかったかい？」

「あ、はい、見かけました」

「わしには、なにか驚いたような表情に見えたのだ」

「ええ。知っている人が子どもを連れていて、雰囲気もずいぶん違っていたので」

「知っていたのかい？」

おごんは一瞬、ためらいを見せたが、

「以前、ここにいたんです。おえんさんといいました」

と、言った。前を隠したい女の気持ちを考えたのだろう。

「ここにな」

「おえんさんは、去年の夏、まだ年季が残っていたんですが、身請けされて、出て行ったんです」

「去年の夏？」

あんずはいま、生まれてまもなく一年になるはずである。

「でも、小さな子どもを連れてましたよね？」

おごんは不思議そうに訊いた。

「うむ。あの子どもはあんずといってな、おえんは、自分の娘のようにしているよ。ここを出るとき、子を孕(はら)んでいたようなことは？」

「いいえ」

おごんは首を横に振った。夏なら、ある程度、腹は大きくなっていたはずである。

だが、あんずはもらい子かもしれない。

「じつは、ここを出るとき、おえんさんに悪い噂があったんです」

おごんは声を低めた。

「どんな？」

「わりと金回りのいいなじみのお客がいたんですが、ここで急に亡くなったんです。そのとき、持っていたはずの三十両が見つからなかったんです」

「ほう」

「おえんさんが、盗ったんじゃないかと、あたしたちのあいだでも噂になりました。それで、旦那もずいぶん調べたんですが見つからなくて」

「まあ、金なんか、どうにでも隠せるしな」

「そうなんですか。それと、その亡くなった理由も、病じゃなくて、おえんさんが毒を飲ませたんじゃないかと」

「なぜ？」

「やはり、ここにいた妓がたまたま見かけていたんですが、二人で飲んでいるとき、急に苦しみ出したそうなんです。その苦しみ方が、喉(のど)をかきむしるようにして、おかしかったって」

「それは、ここのあるじに相談したのか？」

「いえ。なんか、怖くて言えなかったって。それで、おえんさんがいなくなってから、あたしにだけ話したんです」

「そうだったのか」

「それで、その三十両の騒ぎがあってまもなく、おえんさんを落籍(らくせき)したいって人がやって来て」

「なじみの客か？」

「そうみたいです。いっしょになるとは話してました」

「なんていう男だったかわかるかい？」

「音さんと言っていたような」

「音さん……」

それは仔犬の音吉なのだろうと、桃太郎は確信し、同時に、お稲が山王旅所にいつもやってくるわけも納得できたのだった。

第四章　謎の農作業

一

桃太郎が、卯右衛門のそば屋で、ワカメのうえにナルトをいっぱい撒いた花見そばというのを食べていると、斜め前に座っていた男が、

「うちの大家さんなんですが、どうもおかしいんですよ」

と、話し始めた。相手は卯右衛門である。桃太郎は、麺を少なくしてもらっているので、それをゆっくりすすっている。

「ああ、正吉さんか。なにがおかしいんだい？」

卯右衛門が訊いた。

「毎朝、クワやカゴなど農作業の道具を担いで出かけるんですが、なにか収穫し

たようすもなく帰って来るんです」

「ああ、そういえば、あたしも見たよ」

「しかも、一昨日、そのことを大家さんに言ったら、昨日はあたしが掘ってきた大根だって、一本くれたんですよ。でも、それがやたらときれいでね。あれは掘ったんじゃねえ。八百屋で買ってきたんですよ」

「へえ」

「そこまでしてごまかすって、怪しいでしょ?」

「確かに変だね」

卯右衛門は桃太郎をちらりと見た。だが、桃太郎は素知らぬふりをしている。

そんなことに関わっている暇はない。

「うちの大家さんは、だいたい一癖ありますからね」

「そうなのかい」

「とぼけちゃいけませんよ。湯屋で見てるでしょうが」

「ああ、まあね。でも、いまは真面目ないい大家じゃないか」

「まあ、そうなんですが」

と、男はそばを食い終えて立ち上がった。

「心配しなくていい。どうせ、ないしょで園芸の珍種でもつくろうとしてるんだよ」

卯右衛門は言った。じつは、桃太郎も内心でそう思っていた。

「いやあ、あの人は園芸には興味はありませんよ。つねづね、草花などは、野山で楽しむに限る、鉢植えは可哀そうだなんて言ってるくらいですから。なんか、人には言えないことをやってる気がします」

そう言って、男は店を出て行った。

見送った卯右衛門は、

「聞きましたか、愛坂さま。いまの話を」

「聞こえてはいたが、わしはそばに夢中だったよ」

と、桃太郎はとぼけた。

「じつは、あそこの大家の正吉さんてえのは、かつては小網町(こあみちょう)あたりで鳴らしたやくざの親分だったんですよ」

「なんだと？」

「もちろん、いまは足を洗ってますがね」

「ふうむ」

興味のないふりをしたが、気にはなる。

元やくざが、農作業の道具でなにをしているのか？

いまの江戸のやくざの騒動と関係はあるのだろうか？

「愛坂さま。解いてみたくなったのでは？」

卯右衛門はけしかけるように訊いた。

「いや、そんな気はないな」

じつは、なくはないが、しかしやっぱり、いまはそれどころではない。

桃太郎がそば屋から外へ出て来ると、ちょうど雨宮たち三人組が、茅場町の大番屋にでも行っていたらしく、こちらに歩いて来るところだった。

「なんだ、暇そうだな？」

と、桃太郎はからかった。

「暇なわけありませんよ。江戸のやくざの世界は、日本橋の銀次郎が殺されたことで、戦々恐々ですよ。大きく勢力図が変わろうとしているみたいで、どうやら千吉は、目玉の三次と張り合うどころか、江戸を一手に握ろうとしているらしいんです」

「千吉が江戸を一手にだと？」

「それで、いまも、無理やりバクチで挙げた三下やくざを問い詰めてきたんですが、千吉はあいかわらず、子分にはなにもしゃべろうとはしないみたいです」

「しゃべるもなにも、まだまだそこまでの力はないだろうよ」

と、桃太郎は言った。

江戸の東から北にかけては、目玉の三次という親分が、がっちり押さえている。千吉がそれと並び立つのさえ容易ではないのに、一手に握ることなどできるわけがない。

「ところがですよ、あの野郎は、いつの間にか千住の宿場に大きな宿屋を一軒、買っていたんですよ」

「千住に……」

北にある江戸の出入り口である。

「江戸橋の鱒蔵が殺されたというのも、その宿屋だったそうです」

「そうだったのか」

そこへ泊まったのも、千吉の指図だったのだろう。

「鱒蔵も銀次郎の腹心だったくらいですから、けっこうな乱闘になったみたいですよ。相手も手に怪我をしたという話もあるみたいです」

「手に怪我……」

おそらく相手というのは、仔犬の音吉のはずである。手に怪我をしたとなると、桃太郎にはありがたい。もう刺客の仕事などやれないくらいにばっさり斬られていたら、なおのこと嬉しい。

「それで、千吉が千住を押さえるとなると、目玉の三次は、頭にも敵を持つことになるじゃないですか」

「ははあ、挟み撃ちかい？」

「それが狙いじゃないかと、お奉行は見ているみたいです」

「ふうむ」

南町奉行の筒井和泉守がそう睨んだというなら、たぶん的を射ているのだろう。

そこは桃太郎も気になるが、しかしそれより先にやるべきことがある。

「それで、仔犬の音吉にからんで、一つ頼みがあるんだ」

と、桃太郎は言った。

「なんでしょう？」

雨宮は、面倒なことだと嫌だなという顔になった。

「迷子石を見て、おゆきという名の、生後一年くらいの子どもがいなくなっていないか調べてもらいたいんだ」

「迷子石を」

江戸では、人通りの多いところに石柱が立てられ、そこに迷子になった子どもを探す札が貼られている。両国広小路や湯島天神など、江戸市中におよそ三十か所ほどあるが、子を探す親は必死だから、一か所ということはないはずである。

「いたら、どうするので？」

と、雨宮は訊いた。

「親を連れてきてくれ。それも、そっとだぞ」

「愛坂さまは、その子のことをご存じなので？」

「ああ。いまは別の名前になっているがな」

「どういうことです？」

「詳しくは、親を見つけてから教えるよ。うまくやると、雨宮さんはとんでもない手柄を立てることになるぞ」

「そうなので」

手柄という言葉に、雨宮たち三人は、いまにも涎(よだれ)が出そうな顔になった。

二

翌朝——。

今日も桃太郎が魚河岸に朝飯を食べに行くと、大きな鯛のかぶと煮があり、それに飯とワカメの味噌汁をつけてもらった。

飯は少なめである。鯛のかぶとは、まるで迷宮のように入り組み、奥が深い。思わぬところに、小さな美味のかけらがあったりするから、気が抜けないのだ。出された割り箸では、細かい肉片をこそぎ取れないので、小刀で箸の先を削って尖らせた。その針のようになった箸で、一心不乱に隅々まで身をほじくり出して食べる。さらにはそれへ湯を足してもらい、脂も味わいつくした。

やはり、魚の王は鯛であるとつくづく思う。アンコウも隅々までうまいが、あれは品と貫禄に欠ける。

ついに食べ終わると、

「旦那ほど見事にかぶとを食いつくす人もいませんね」

あるじが感心して言った。

「そうかね」

「鯛のどくろですぜ、それじゃ」

たしかに、鯛の頭がどくろみたいになっている。ここまでしてやれば、魚も成仏できるというものである。

うまい朝飯に満足してもどって来ると、海賊橋のところで、クワやザルを入れたカゴを背負った男とすれ違った。

――あ、あいつか。

卯右衛門たちが話していた正吉とかいう近所の大家である。湯屋で見てるうんぬんと話していたので、大方、背中に彫り物でも入れているのだろうとは推測できた。だが、坂本町の湯屋には、彫り物をした男など何人も来ているので、正吉の顔はぴんと来なかったのである。

だが、あの男なら、見覚えがある。何度か湯屋で口を利いたこともある。それどころか、桃太郎の住む長屋のすぐ裏っ方の長屋の大家が、あの男なのである。

そうなると、やはり元やくざというのが気になる。

東海屋千吉とつながっていないとも限らない。

しかも、あそこだったら、桃太郎を見張るやつが住んでいるかもしれない。大家の住まいは、長屋にはないみたいだが、誰かが見張るように言われているということも考えられる。仔犬の音吉が桃太郎を狙っているのは間違いないが、東海屋千吉は、ほかにも手を打っているかもしれないのだ。

——気になるのう……。

正吉の跡をつけてみることにした。

江戸橋を渡ってすぐ、右手の荒布橋へ。

ここらは、去年の夏の火事で、焼け野原になったところである。だいぶ新しい家ができているが、まだ、ところどころに焼け跡が残っている。

もちろん、ここらには焼ける前から畑などはない。

裏の通りに入った。ここは、小網町二丁目の新道である。

かつて桃太郎が住んでいた甚左衛門町とは隣り合わせになっている。焼ける前は、芸事の師匠だの、大店の隠居だのが多い、どことなく色気のある街並みだった。いまは、建物が新しいので、なにかよそ行きの感じがする。

正吉は、塀で囲われている土地の、そのなかに入って行った。人目を忍ぶような感じがした。入るとすぐ、閂(かんぬき)をかけるような音もした。

——なんなんだ、ここは？

と、周囲を回ってみると、五、六十坪の土地である。

——このなかを耕しているのか？

のぞこうとしても、塀の高さは一間以上あって、なかを見ることはできない。

近所に以前から知っている八百屋が、新しい店を出していた。

「よう、久しぶりだな」

と、桃太郎は店の前に立った。

「愛坂さま！　お元気でしたか。今日は桃子ちゃんを背負ってないので？」

赤ん坊を背負う武士というので、ここらでは有名だったらしい。

「桃子はもう歩いてるよ」

「そうでしたか。さぞや、珠子姐さんに似て、美人になってるでしょうね」

「なんで、わしに似てと言わないのだ」

「えっ」

八百屋のあるじは、大根を半値に値切られたような顔をして、

「今日はまた、なんで？」

と、話の矛先を変えた。

「うん。ちと、野暮用があってな。ところで、そこの塀を回した土地だがな、あそこは前はなんだったかな？」

「あそこは、女形（おやま）の金太郎（きんたろう）親分の家でしたよ」

「ああ。女形の金太郎の家か」

言われて、玄関のようすなどを思い出した。いつも、料亭みたいな派手な提灯を、軒下にぶら下げていた。

女形の金太郎は、ここらでは知らない者はいない。桃太郎も、直接の面識はなかったが、見かけたことは何度もある。赤い襦袢（じゅばん）を裾からちらちらさせたりして、異様な雰囲気のやくざだった。

若いときに歌舞伎（かぶき）役者といい仲になり、周囲から馬鹿にされたのがきっかけで、やくざの道に入ったという噂は聞いた。見かけは変わっているが、喧嘩になると手がつけられないくらい暴れたらしい。

「金太郎は無事だったんだろう？」

「いいえ、あの火事で亡くなったんですよ。酔いつぶれていて、逃げ遅れましてね。いっしょに子分も四人ほど、死にました。ここらじゃ、あの火事で死んだ者はほとんどいないのに、やくざが五人も死んだから、悪いことはできないと、もっぱら評判になったものですよ」

「そうだったのか。じゃあ、土地は金太郎のものだったのか？」

「そうなんですよ。でも、五人もそこで死んでますので、しばらくは誰も買わないでしょうね」

「まさか、遺体が見つかっていないとか？」

とすると、それを正吉が掘り起こしているのかもしれない。

「いえいえ。煙にまかれて死んだので、皆、まったく焼けておらず、きれいなまでした。結局、焼き場に持って行ったので、五人とも焼かれましたけどね」

おやじは、きわどい冗談を言った。

「だが、いまはわざわざ塀なんか回して、なにかやってんじゃないのか？」

「どうなんですかねえ。あたしもわからないんですよ」

「さっき、誰かなかに入って行ったぞ」

「ええ。おそらく金太郎親分の身内なんでしょうが」

「ふうむ」

結局、正吉がなにをやっているのかは、わからないままだった。

坂本町へもどって来ると、店の前を掃いていた卯右衛門が、

「おや、愛坂さま。今日は遅い朝飯ですか？」

と、声をかけてきた。

言おうかどうか迷ったが、

「うむ。じつは、正吉の跡をつけてみたのだ」

桃太郎がそう言うと、

「ふっふっふ。そんな暇はないとおっしゃったくせに」

と、卯右衛門は嬉しそうに笑った。

「いや、元やくざと聞いてな、ちと気になることが出てきたのだ」

「そうですか。でも、正吉さんはすっかり足を洗ってますよ」

「まったく縁が切れたのか？」

バクチもそうだが、やくざの世界も一度身を浸すと、なかなか抜けられないとは聞いている。

「そういうふうに訊かれると、あたしも深く付き合っているわけではないので」

卯右衛門は、自信なさげに頭をかいた。

「正吉は、ここらの生まれなのか？」

「そうです。正吉さんのおやじが、そっちで提灯屋をやっていて、ほかに家作もいくつか持っていたんですよ」

「あんたのところみたいだな」

「ええ、まあ。でも、正吉さんは、なにがきっかけだったのかわかりませんが、ぐれちまいましてね。親の反対も押し切って、身体中に彫り物は入れるわ、伊勢参りに行くと言って、出かけたまま帰らないわで、ずいぶん心配をかけましてね」

「町方の世話になったこともあるのか？」

「江戸ではないみたいですけどね。ただ、上方でしばらく牢屋にいたという話もちらっと耳にしたことはあります」

「ふうむ」

もしかしたら、旅先で仔犬の音吉と知り合ったということもあるかもしれない。

「でも、四十くらいになって、もうやくざは辞めたと宣言しまして」

「提灯屋を継いだのか？」

「いえ、提灯屋のほうはすでに妹が婿を取って跡を継いでましたので、長屋二つを預かって大家稼業に精を出しているというわけです」

「なるほど」

「ここらの大家の集まりでも、しっかりした意見を言ったりしますよ。また、ぐれかけた若い者には説教してやったりもしてますし」

「……」

まだわからない。もう一度、あの土地を見に行くことになりそうだった。

三

家にもどると、庭に出て、しばらく朝比奈とともに、秘剣の稽古をした。

今日は竹刀を使って、激しく打ち合った。

息が切れたところで、縁側に座り込んだ。

「留は病があるくせに、動きがいい。あんた、体力はまだまだ衰えていないぞ」

「そうかな」

朝比奈は嬉しそうな顔をした。

「わしはどうだ？」

「桃は、若いときよりさらに腕を上げた気がするぞ」

「そうかね」

と、桃太郎も思わず破顔したが、

「だが、いまや稽古の相手はほかにいないよな」

「そうだな」

「だとすると、二人とも衰えていたら、衰えには気づかぬぞ」

「そうなるか？」

朝比奈も不安そうになった。

「互いにいい動きなどと褒め合っていても、他人が見たら、踊り並みにゆっくりした動きなのかもしれぬ」

桃太郎はそう思ったら、背筋が寒くなった。

「だが、このあいだは、やくざどもと斬り合ったではないか」

「そうか」

「まだ、やれるよ」

「そうだよな」

互いに本気で慰め合った。これが年寄の友情なのだろう。

それから、昼飯どきになった。二人とも、米の飯や麺類などを控えめにしている。スルメを炙って割き、駿河台の屋敷から届けてもらっている沢庵漬けを切り、同じく駿河台の牛の乳を飲んで、昼飯にした。沢庵漬けは薄く切って、一度、水で洗って、塩けを抜いてある。慈庵から、あまりしょっぱいものもいけないと言われているのだ。

「うまいな」

スルメを嚙みながら、桃太郎は言った。スルメが柔らかくなったところで、牛乳を口に入れると、なんとも言えない味になる。

「うん。うまい。わしも、前のように牛の乳が臭い気がしなくなった」

「そうだろう。わしは昔から大好きだったんだ。どんどん飲んでくれ。屋敷では余ってしょうがないと言ってるんだ。まったく、味のわからぬおなごどもだ」

「だが、牛を飼ってるんだから、いいではないか。わしが、屋敷にあんなものを持ち込んだら、気味が悪いと大騒ぎになるぞ」

「まあな。だったら、ここで飼うか」

「ここで？」

「さすがに卯右衛門は、勘弁してくれと言うだろうな」

「そりゃ言うだろうな。あっはっは」

他愛のない話をしていると、

「お、いらっしゃいましたか」

と、雨宮たち三人組が現われた。

「どうした、嬉しそうな顔をして？」

「見つけましたよ」

雨宮は自慢げに言った。

「それは早い。たいしたもんだ」

桃太郎も褒めた。

「おゆきを探してます、という札が、湯島界隈にある三か所ほどの迷子石に貼ってありましてね。生後一年で、歯は前歯が上四本に下が二本。丸顔。誰にでも懐いて、抱っこしてもらいたがるそうです」

「まさにそうだよ」

「正月にいなくなってました。湯島天神の境内で、ちょっと目を離した隙に、いなくなったらしいんです」

「それで親とは会ったのか？」

「会いました。本郷(ほんごう)で、〈徘徊堂(はいかいどう)〉という大きな骨董屋をしていましてね。おやじは、もう五十ほどですが、ずいぶん若い嫁に初めてできた子で、もう可愛くてたまらなかったみたいです。でも、ひと月以上探して見つからないので、ほとんど諦めていたみたいですが、見つかったかもしれないというと、大喜びですよ。それですぐに来たいと言って聞かないので、とりあえず、いま、卯右衛門のそば屋で待たせていますが」

「近くにいるのか」

桃太郎は眉をひそめた。

「まずかったですか？」

「そこらで出会って、騒ぎになるとまずいのだ」

「そうでしたか」

「だが、来てしまったなら仕方がない。卯右衛門に頼んで、裏の部屋に入れてもらい、外に出ないようにしといてくれ。鎌一、お前が先に行って、そこで待っていてくれ」

「わかりました」

鎌一が出て行った。

「それでだな……」

と、桃太郎は雨宮たちにお稲とあんずのことをざっと話した。

「ははあ。あんずという名になってるんですか」

「やはり、桃子のことも知っていたのだろう。それで、いまは、桃子に危害が加えられるのを恐れて、いっしょに遊んでいないこともな」

「そこまで知ってましたか」

「それで、桃子と似たような女の子を利用して、わしに接近してきたのだろう。しかも、桃子に似たあんずなどという嘘の名をつけてな」

音吉の忠告も入っているのだろうが、なかなかの悪知恵である。

「目的は？」

雨宮は訊かずもがなのことを訊いた。

「決まっているだろうが。わしを殺したいのよ」

「これでですか？」

と、雨宮は短刀を突き刺すようなしぐさをした。

「いや。おそらく毒だよ。折を見て、こんなものをつくったのですが、と持って来るに違いない。わしはそれを喜んで食べて、ううっと」

桃太郎は喉をかきむしる恰好をした。

「やめてくださいよ」

雨宮たちは青ざめ、隣で朝比奈が笑った。

「それで、まずはほんとにあんずがおゆきかどうか、確かめさせよう。わしはいまから山王旅所の境内に行く。すると、お稲とあんずはすでにそこにいるか、わしを見て出て来るかするのでな」

「わかりました」

桃太郎と雨宮と又蔵は、卯右衛門のそば屋に向かった。

「こちらは元お目付で、愛坂さまとおっしゃる方だ」

と、雨宮が言った。

「このたびはどうも。そ、それで、おゆきは？」

亭主のほうが、どもりながら訊いた。

「まずは確かめてもらいたい。ただ、くれぐれも頼んでおくが、遠くから見て、確かめるだけにしてくれ。ぜったい声などかけては駄目だ」

「はあ」

「あんたたちが声をかけたりしたら、向こうもおゆきになにかして、無事にもどらぬかもしれんぞ」

桃太郎は脅した。肝心なところである。

「わかりました」

と、亭主がうなずくと、

「大丈夫です。二人には猿ぐつわをして確かめさせますから」

雨宮は言った。

「そこまでしなくてもいいだろうが。それより、皆でぞろぞろ来られても目立ってしまうな。境内に入るのは、又蔵と両親だけにしてくれ」

「はあ」

雨宮は、活躍の場を奪われたような顔をした。

四

桃太郎は、山王旅所の境内に入った。

境内には、無駄話をする婆さんが二人と、鳩が五羽くらいしかいなかったが、案の定しばらくして、お稲とあんずがやって来た。

あんずはとことこ近寄って来て、桃太郎の着物に触ったりした。

「こんにちは、愛坂さま」

お稲がにこやかに言った。

「やあ。いい日和じゃな」

「はい。もう、桜が咲いてもおかしくないくらいですね」

「桜はまだだろうがな」

お稲はいかにも母親らしく、転んだあんずを起こしたりしながら、

「愛坂さまは、甘党ですか？　辛党ですか？」

と、訊いてきた。

いよいよ毒のお出ましらしい。

「うむ。わしは根が賤しいのだろうな。甘いのも辛いのも、どちらも好きだよ」

それは本当のことである。ついでに言えば、苦味のあるものも好きだし、えぐ味も嫌いではないし、熟れ寿司やクサヤのようなひどい臭気も平気だったりする。

「おはぎはお好きですか？」

「ああ、大好きだよ」

おはぎは秋の呼び方で、春は牡丹餅(ぼたもち)だろうと言いたいのは我慢してうなずいた。

「ああ、よかった。今日、つくってみたんですよ」

「ほう」

「ちょっと待ってください。あんずを見ていていただいてもいいですか？」

「ああ、いいとも」

桃太郎はあんずを抱き上げ、どこかで見ている両親が顔を確かめやすいよう、あっちを向かせたり、こっちを向かせたりした。

「お待たせしました」

お稲が小走りでもどって来た。

小皿を二つ、持っている。どちらにも大きなおはぎが二つずつ載っている。

よく見ると、皿は赤と青の色違いである。

「味に自信はないんですが」

と、言いながら、持っていた青い皿のおはぎをあんずに食べさせてみせた。毒など入っていませんよと言いたいのだろう。

あんずはおいしそうに食べる。こっちは毒ではないとわかっていても、少しハラハラする。

「どうぞ、よかったら」

と、赤い皿に載ったおはぎを差し出した。こっちは毒入りですよと、内心ではほくそ笑んでいるのだろう。

「これはおいしそうだ。ただ、わしはさっき、どんぶり飯を食ったばかりでな」

スルメと沢庵と牛の乳では、腹いっぱいになる感じはしない。

「ええ、お昼どきでしたもの」

「だが、いつも七つ（午後四時ごろ）どきになると、腹が空いてきて、間食してしまうのだ。そのときになったらいただくが、いいかな？」

「もちろんですとも」

桃太郎は嬉しそうに、

「いやあ、これはほんとにうまそうだ」

などと言いながら、踵(きびす)を返した。だが、境内を出るとすぐ顔をしかめ、

「まったく、どれくらい毒を入れたんだか」

と、つぶやいた。

桃太郎が家にもどるとすぐ、雨宮たちが徘徊堂の夫婦とともにやって来た。

「どうだった？」

と、桃太郎は訊いた。

「間違いありません。あれは、うちのおゆきです。着ている着物も、いなくなったときのものです」

夫のほうが、興奮しきった顔でうなずいた。女房は目を真っ赤にして、だいぶ嬉し泣きをしたらしい。

「では、まもなく取り返す。さっきのそば屋で待っていてくれ」

卯右衛門は、裏の部屋を勝手に使ってくれてかまわないと言ってくれたらしい。

「大丈夫ですね。なにかされたりはしませんね？」

女房のほうが訊いた。

「大丈夫だ。いままで無事だったのだから、いまさらなにかはしないよ」

「わかりました。あの？」

夫のほうがさらに訊きたそうにした。

「なんじゃ？」

「愛坂さまは、おんもらさまのお使いではないですよね？」

「おんもらさま？　ああ、違う、違う」

即座に否定し、

「あんたたち、あれを拝んでいるのか？」

と、桃太郎は訊いた。

「ええ。おゆきがいなくなったことを聞いた信者の方が、おんもらさまを拝めば帰って来ると言われて、昨日も熱心に拝んでいたところだったのです」

「ずいぶん寄進させられたろう？」

「いや、まあ、そんなことは。そうしたら、次の日には、これでございましょう。もう、愛坂さまはぜったい、おんもらさまのお使いだと、いまも女房と話していたところだったのです。じっさい、愛坂さまは、教祖さまと雰囲気もよく似ておられますし」

「似ておらぬだろうが」

おんもらさまは、旗本の千葉鐘之（ちばかねゆき）が教祖になって始めた信仰で、目付のときも問題になったことがある。旗本が神信心の教祖になるとは異例のことで、目付としてはあまり騒ぎにはしたくなかったので、『ご老中のお気持ち、よろしからず』という通達をした。すると、千葉は家を親戚の若者に譲って、さっさと隠居をし、教祖のほうはそのままつづけたのだった。

風の噂では、信者は徐々に増え、本郷から根津(ねづ)にかけて、三百人くらいはいるだろうとのことだった。この夫婦は、どうやらその三百人のうちの二人らしい。

「そんなことより、隙を見て、おゆきを奪い返すのだから、うまくやってくれよ」

桃太郎は、雨宮たちも見回しながら言った。

五

さて、ここから桃太郎の忙しいことといったら——。

まずは、朝比奈にちょっとした芝居を頼んだ。

「死んだふりをするだと？」

朝比奈はニヤッと笑った。

「ああ。このおはぎには、毒が入っていてな。わしはこれを食ったふりをする」

「なるほど」

朝比奈は、すでにあんずの話も聞いていたから、すぐに納得した。

「それで、医者を呼びに行ってもらいたいのだ。連れて来るのは、本物でなくていい。又蔵と鎌一に、医者と弟子になってもらおう」

桃太郎がそう言うと、

「医者ってたいがい頭を丸めてますよね？」

又蔵が不安そうに言った。

「それは、頭巾をかぶってごまかせばよい。留、あんた、焙烙頭巾を持っていただろう。あれを貸してやってくれ」

「わかった。それと、わしの筒袖とかるさんも貸してやる。鎌一には、薬箱を持たせないとな。ちょうどいい。越中富山の薬箱があるぞ」

と、朝比奈はてきぱきと支度を手伝ってくれる。目付をしていたころは、こんなことはしょっちゅうだった。

「それと、ひと騒ぎするので、珠子が心配するかもしれぬ」

「わかった。わしが心配するなと言っておく。ほかの住人は出かけているだろうから、大丈夫だろう」

朝比奈も乗ってきている。久しぶりの小芝居で、目付のときは二人でいろいろやったものである。

七つになった。

桃太郎は、台所の窓から路地のほうを見ていたが、

「よし、来たぞ」

と言って、急いでひっくり返った。

朝比奈が飛び出して行く。

「医者はおらぬか！　医者だ、医者！」

路地から出て行った。

お稲が家の前に来て、外からこっちのようすを窺っているのは気配でわかる。

そのうち、お稲は家のなかに入って来た。

──入って来るのかい。

と、桃太郎は内心、焦った。

桃太郎は板の間に倒れている。

二つとも食ったようにおはぎを吐き、横向きに倒れている。もちろん、本当に

食ってはいない。いったんどんぶりに入れ、それに味噌汁の残りを入れてかきまぜたやつを、反吐のように撒き、自分の口の周りにもなすりつけただけである。苦悶の表情を浮かべている。白目も剝いているので、動かないようにするのに必死である。

お稲がじいっと見ている気配がある。

——あいつ、まさか止めを刺そうなどとは思わないだろうな。

ふと、そう思った。そこは考えていなかった。

包丁でも持ち出されたら、黙って刺されるわけにはいかないが、それだと考えた台本と筋書きが違ってしまう。

お稲は息を感じるくらい顔を近づけている。もちろん桃太郎は、完全に息を止めるのは苦しいので、できるだけそっと息を吸い、吐いている。

お稲が桃太郎に触った。手首をつまむようにして脈を取った。首筋でなくてよかった。脈が消えるように、脇の下を押さえてある。

「死んだね」

と、お稲がつぶやき、

「悪く思わないでおくれ。あんた、頭が回り過ぎたんだよ。音吉の代わりにあたしが始末させてもらったよ」

どうやら手を合わせた気配である。

――成仏などしてたまるか。

桃太郎は噴き出したいのを我慢している。

「こっちです、こっちです！」

路地の外で朝比奈の声がした。

お稲が慌てて外に出て行った。

「ここです。好物のおはぎを二つ食ったあと、急に苦しみ出しましてな」

医者の又蔵と、弟子の鎌一が、桃太郎のわきに座った。

「これはいかん。これはもう駄目だ」

又蔵が、桃太郎の瞼をひっくり返して、大声で言った。

「そんな、馬鹿な。さっきまでぴんぴんしていたのですぞ」

朝比奈も、町内一帯に聞こえるような声で言った。

お稲はいまごろ路地の外で、にんまりとしているに違いなかった。

六

「あとはなにもしなくてよいのか？」

と、朝比奈が桃太郎に訊いた。

「そうだな。もう、来ないとは思うが、いちおう線香の匂いくらいは漂わせておいてもらうか」

「わかった」

「よし、行くぞ」

桃太郎は、すぐにお稲の跡を追った。

お稲は家にもどった。場所はすでに調べてある。

山王旅所のすぐそばの家である。ここで見ていれば、桃太郎が現われたとき、すぐにやって来れるはずだった。

「あら？」

お稲の不思議そうな声がした。

寝かせておいたあんずがいないのだ。桃太郎のところに来ている隙に、雨宮と両親が連れ去ったのだ。

「あんず、どこ？」

お稲は路地に出て、井戸端にいた長屋のおかみさんに訊いた。

「あんずちゃんなら、誰か知り合いみたいな人が来て、連れて行ったよ」

そう言えと、雨宮から言われているのだ。

「知り合い？」

なんのことかわからないのだろうが、

「ま、いいか」

と、お稲は言った。しょせん、縁もゆかりもない、桃太郎を毒殺するための小道具としてさらって来た子である。目的を達成したら、そこらにほっぽり出すつもりだったに違いない。

桃太郎は、卯右衛門のそば屋に向かった。

そこでは、雨宮たちといっしょに、徘徊堂の夫婦が待っていた。あんずは母親に抱かれていた。心なしか、お稲といっしょのときより、楽しそうである。

「よかったな」

桃太郎は声をかけた。

「本当に、ありがとうございました」

夫婦は深々と頭を下げた。

「あいつらは、必ずお縄にする。もしかしたら、裁きのお白洲で証言を頼むことになるかもしれぬが、そのときは頼むぞ」

「もちろんです」

「それとな。おんもらさまの教祖をしている千葉というやつは、昔から金子が大好きでな。金子のためなら、なんだってやってしまうやつだった。神信心も、金子を集めるための、でたらめだ。早く目を覚ましたほうがよいぞ」

「そうでしたか。わかりました」

それから桃太郎は、おゆきの手を取り、

「じゃあな。あんずちゃん」

と、言った。なにやら、胸がきゅんとなった。やはり、あんずの向こうに、桃子の面影を見つづけていたのだ。

だが、いつまでもきゅんとなっている場合ではない。桃太郎にはまだまだすることがある。大急ぎで家にもどった。

七

四半刻（三十分）ほどして――。

「お稲が長屋を出ました」

と、鎌一が桃太郎のところに飛び込んで来たが、桃太郎を見て、

「あれ？　愛坂さまは？」

「わしだろうが」

「え？」

「そんなことより、どっちに向かった？」

「海賊橋のほうです」

「よし、行こう」

「ですが、荷物などは持っていませんよ。また、帰って来るつもりなのでは？」

「いや。もう、目的は果たしたと思っている。もどって来るつもりはない」

桃太郎は外に出た。

鎌一は、まだ唖然（あぜん）としたように桃太郎を見ている。

雨宮と又蔵が、卯右衛門のそば屋のなかに隠れていた。

「愛坂さま？」

雨宮が目を瞠(みは)った。

それは無視して、

「又蔵。つけるぞ」

「ええ」

雨宮がついて来ようとするのを、

「雨宮は来なくてよい」

と、桃太郎は押し止めた。

「わたしだけ除(の)け者はないでしょう？」

雨宮は半ベソをかいたような顔で言った。

「あんた、同心の恰好だろうが。それで、後ろを振り向かれたりしたら、つけられてると思うだろうよ。ここで待っていてくれ」

「わかりました」

又蔵と鎌一がついて来る。又蔵はすでに焙烙頭巾も取り、いつもの恰好にもどっている。鎌一は、もともと変装などはしていなかったので、そのままである。

お稲はすでに海賊橋を渡り、江戸橋のほうへ向かっている。桃太郎たちも足を速めて、お稲の跡を追った。

「それにしても愛坂さま……」

少し離れて歩いている又蔵が、怯えたような顔で桃太郎を見ている。

「なんだ？」

「その恰好、凄いですね」

「そりゃあ、わしはお稲に顔を知られているのだから、変装しなければならないだろうよ」

「変装というより仮装のような……」

内心、やりすぎたかと思っている。

顔にべたべたと泥を塗り、雑巾のような色になった手ぬぐいで頰かむりをした。着物はボロボロで、尻っぱしょりをしている。はみ出したふんどしは、洩らしたのではないかと誤解されるくらい茶色に染まっている。足にも泥を塗りたくり、道端に捨てられたような草鞋を履いた。さらに、六尺棒に桶を一つぶら下げ、手には汚い柄杓を持った。どう見ても、畑に肥を撒きに来た小作人といった風情である。

現に、通り過ぎる娘たちは皆、顔をしかめて道を空ける。

「なるほど、仮装とはよく言ったな」

「愛坂さまは、みっともないとかは思わないのですか？」

又蔵が不思議そうに訊いた。

「みっともない？」

「桃子ちゃんをおんぶしているときから思っていたのですが、この方は見栄や外聞は気にしないのかなと」

「……………」

言われてみれば、あまり気にしないかもしれない。

というより、見栄や外聞をはばかるというのは、どう考えてもくだらない。武士というのは見栄っ張りだが、それでいうと、自分は武士には適していなかったのかもしれない。

「いや、失礼しました。きっと、人より熱心にお仕事をなさるので、見栄や外聞は二の次になるのでしょう」

と、又蔵は詫びた。

「ふん」

そんなことはどうでもいい。

それより、お稲は西堀留川沿いにまっすぐ歩いて行く。足取りは軽い。途中、小間物屋があると、足を止め、かんざしを見て、手代に値を訊いたりした。納得したらしく、巾着から銭を取り出して買った。どうやら、桃太郎暗殺に成功し、自分にご褒美でも買ってやるつもりになったらしい。

「あんた、よくやったな」

と、桃太郎も肩を叩いてやりたい。

大伝馬町(おおでんまちょう)のところまで来て、右に曲がった。

——東海屋千吉が自分のものにした通油町(とおりあぶらちょう)の宿に行くのか。

とも思ったが、そうではない。二丁目まで来て、裏道に入った。

さらに路地へ。

桃太郎は、又蔵と鎌一の歩みを止め、

「わし一人で入る。そなたたちはここにいてくれ」

「わかりました」

桃太郎は、お稲に少し遅れて、細い路地に入った。

すると、向こうに見えている井戸端で、女たちの話し声がした。

「あら、お稲さん。久しぶりだね」

「うん。泊まり込みの仕事だったもんでね」

そう言ったのはお稲の声である。

「ご亭主はどうしたんだい？」

「あの人は、現場が別だったんだよ」

「あら」

「しかも、なんか手を怪我したみたいで、膿んだりするとまずいんで、しばらく那須の湯に浸かってくるんだと」

鱒蔵を刺した相手も怪我をしたという話は、本当だったらしい。

「そりゃ心配だね」

「たいしたことないのよ。温泉でゆっくりしたかっただけじゃないの」

お稲はそう言って、自分の家の戸を開け、なかに入っていった。

お稲と話していた女は、路地のところにいた桃太郎を見ると、

「あら、あんた。大家さんに言われて来たんだろ。早く溜まった肥を汲んでおくれよ。もうすぐ溢れそうなんだから」

「へい、わかりました」

桃太郎はそれからしばらく肥汲みに精を出さざるを得なかった。

八

翌朝――。

桃太郎は、今日も農作業に行く正吉の跡をつけてみることにした。

どうやら、お稲と正吉はなんのつながりもなかったらしい。だが、千吉は別の手を打っていないとも限らないのだ。

あの家に音吉がもどったら、すぐに連絡が来ることになっている。傷の養生では、そうそうすぐには帰って来ないはずである。

正吉は今日も塀のなかに入って行った。

どこかにのぞけるところはないかと、塀を見て回ると、裏手の下のほうに節穴を見つけた。ずいぶん低い位置にあるので、這いつくばらないと見えそうもない。周囲を見回し、誰も見ていないことを確かめて、地面に這いつくばった。誰かに咎められたら、めまいがして倒れたことにするしかない。

――ははあ。

正吉は、高々とクワをふるっていた。あれは耕すなんてものではない。穴を掘っているのだ。それも、正吉の腰から下は見えていないので、かなり大きくて深い穴を掘るつもりらしい。

――宝探しか。

それがいちばん妥当なところだろう。

じっさい、江戸は火事が多く、住人が焼け死んだ家の跡地から、甕（かめ）に入った小判が出て来たという話はたまに聞く。

――あるいは、死体でも埋める気か。

とも思った。まだ、やくざと切れていなければ、そういうこともあり得るだろう。

――女形の金太郎のことをよく知っている者はいないか？

界隈を歩きながら、甚左衛門町に住んでいたころのことを振り返ったが、女形の金太郎とつながるような騒ぎはなにもなかったはずである。

いつの間にか葭町（よしちょう）のあたりに来ていた。

ここらも去年の火事で焼けたのだが、すっかり復興している。こういう遊興地のほうが、民家が並ぶところより復興は早いらしい。

だが、怪しげな雰囲気は相変わらずである。

男娼(だんしょう)が多い。けばけばしい衣装の男たちが、あちこちから現われる。その匂いも凄い。もっと薄めればいい匂いなのだろうが、香木(こうぼく)を腰にでも差しているのかと思うくらいである。しかも、なぜかはわからないが、無口な男娼は少ない。男娼同士でもよくしゃべれば、通りすがりの者にも声をかけてくる。

「お爺ちゃん。遊んで行きなよ」

桃太郎にも声をかけてきた。仮面のように白粉(おしろい)を塗りたくった、大きな顔のなんとも素敵な男娼である。

背筋に冷たいものを走らせながら、

「悪いな。忙しいんだよ」

と、桃太郎は辞退した。

男娼が客を連れ込む宿もずらりと立ち並んでいる。一帯は迷路のようになっている。

──ん？

どうやら道に迷ったらしく、方角がわからなくなった。

そのとき、

「みかじめ料だって？　ふざけたこと、言ってんじゃないわよ」

甲高い怒鳴り声がした。

見ると、若い男が男娼二人に挟まれている。男娼の一人は、かなり背が高く、若い男の首根っこを上から押さえつけるようにしていた。

「なんでだよ。もう、前のように稼ぎ始めてるだろうが」

と、若い男が言った。

「馬鹿言ってんじゃないよ。復興の費用で借金ができちまってんだよ」

「それとこれとは別だ」

「なにが別なの。あんた、オカマ舐めると、ひどい目に遭うよ」

「そっちこそ、やくざ舐めるんじゃねえ」

と、若い男はドスを利かせた声で言った。

「やくざがなんぼのもの」

「そうよ。やくざなんか怖くないわよ」

若い男を挟んでいた男娼二人が、先に手を出した。

女言葉のわりに動きは完全に男である。しかも、二人とも武術の経験があるらしく、繰り出されるこぶしは的確に若い男の顔面を捉えている。

ボコッ。ボコッ。

と、裏道に鈍い音が響き渡る。

若い男は最初のうちこそ手を出していたが、防戦一方になった。男娼たちは容赦がない。かばう手を無理やり払いのけて、こぶしを何発も叩き込む。いい加減にしないと、死んでもおかしくない。

「おいおい、そこまでにしとけよ」

桃太郎は思わず割って入った。

「なによ、爺さん」

背の高いほうが、上から文句を言った。

「適当にしとけと言ってるんだ」

「こいつが悪いの。こいつは世のなかのためにならないの」

「それはそうだろうが、それでも適当にしとけ」

「邪魔すると、あんたも痛い目に遭うわよ」

「わしはこいつとは違うぞ」

「わからない爺さんねえ」

と、敬老精神からか、さすがにこぶしは握らず、平手打ちをしようとした。

桃太郎は、それをのけぞってかわし、

「あら」

と、目を瞠ったところに、みぞおちへこぶしを叩き込んだ。

「ううっ」

背の高いほうの男娼は、思わずしゃがみ込む。

「爺い。怒ったわよ」

もう一人のがっちりしたほうが、こぶしを振り回してきたので、これを左の平手で受けると同時に、右の手刀を喉に叩き込んだ。

「げほっ」

息が詰まったらしく、激しく咳き込んでいる。

「おい、逃げよう」

若いやくざの手を取り、裏道から抜け出た。

「助かりました」

「礼などはいい」

いくつか曲がると、ようやく見覚えのある小網町の通りに出た。

「大丈夫か」

見ると、若いやくざは目も開けられないくらい、顔中を腫らしている。

桃太郎は、昨日の八百屋で手ぬぐいを濡らしてもらうと、それで若いやくざの顔を冷やしてやった。

若いやくざは、ようやく人心地がついたらしく、

「まったく、オカマってのはあなどれねえんですよね。金太郎親分も強かったけどなあ」

と、情けなさそうに言った。

「ほう。お前は女形の金太郎の身内の者か？」

いいやつを助けたものである。

「ええ。でも、親分の跡を継ぐのは容易じゃなさそうです」

と、若いやくざは腫れあがった顔を、悔しそうに歪めた。

「ところで、金太郎の焼けた家は、いま、塀で囲われているよな？」

「ええ」

「あれはどうしたんだ？」

「親分の昔の仲間に、しばらく預からせてくれと頼まれたんですよ」

「なるほど。宝探しでもしてるのかな？」

「宝探し?」

「金太郎だって、親分だったくらいだから、いくらか金子は残したんだろうよ」

桃太郎がそう言うと、若いやくざは手を左右に振って、

「それはありませんよ。あの親分は、葭町だの芝居町(しばいまち)が縄張りだからやれたけど、金儲けは下手でしたから」

「金子じゃなくても、お宝があったかもしれないだろう?」

「お宝? そんなものも持っちゃいませんよ。なんせ派手好きで、金が入ったら、ぱあっと使うのが大好きな人でしたから。着物が残っていたら、金になったかもしれませんが、火事でぜんぶ焼けちゃいましたし」

「そうか」

「いつもぴいぴいしていて……あっしも親分選びを間違えたかもしれません」

「では、その昔の仲間は土地を預かってどうするつもりなんだ? 殺した人間でも埋める気なのか?」

「それもありません。昔の仲間ってのは、完全に堅気(かたぎ)になった人で、あっしにも早く足を洗えとうるさく言うくらいですから」

「ふうむ」

いいやつを助けたと思ったが、結局、正吉がなにをしているのかはわからずじまいだった。

九

桃太郎は、坂本町にもどると、卯右衛門のそば屋に顔を出した。

「雨宮からはなにも言ってきてないか？」

「きてませんね」

桃太郎がいないときは、ここへ連絡をくれるように言ってあるのだ。朝比奈は出かけることがあっても、ここにはかならず誰かがいる。

今日もここで花見そばを食い、いったん家にもどって昼寝をしてから、湯屋に行くことにした。

するとそこの湯舟のなかで、なんと正吉と会ったではないか。湯屋の湯舟は昼でも暗いが、さっき節穴からのぞいたばかりの男は、見間違いようがない。正吉も大家の仕事があるので、あそこで延々と穴を掘っているわけにはいかないのだろう。

正吉が湯舟を出て洗い場に行くと、桃太郎も後を追って出た。

背中で虎が吠えている。猫には見えない、迫力のある虎である。

「立派な彫り物だな」

と声をかけ、隣に座った。

「昔、馬鹿をしたもんでしてね。いまでは、お恥ずかしい限りですよ」

「そうなのか。銀次郎親分が亡くなったよな」

桃太郎はさらりと言った。

「そうなんですよ。よくご存じで」

「以前、ちょっとしたことで家にも行ったことがあったよ。なかなか気骨もあるし、人情もわかったいい親分だった」

「嬉しいことを。あたしも、当時はずいぶん可愛がってもらいましたよ」

正吉は、本当に嬉しそうに言った。

「葬式には行ったのかい？」

「いや、迷ったんですが、たぶんいろいろ殺気立っているんじゃねえかと思って、行くのはやめにしました。あっしはもう、切ったはったからは足を洗いましたんでね」

口調から察するに、正吉は本当に足を洗ったみたいである。

「そういえば、ここんとこ何度か、農作業のカゴを背負って出かけるのを見かけたがな」

と、これもさりげなく言った。

「ああ、見られてましたか」

焦ったようすも、悪びれたふうもない。

「畑でもやってるのかい？」

「いや、さすがにここらには畑はありませんよ」

「だよな」

「ま、道楽みたいなもんです」

そう言って苦笑した。喜んで教えるという感じでもなさそうである。それもそうで、店子に訊かれて、八百屋の大根でとぼけたりはしているのだ。

「クワを使って道楽？　なんだろうな」

「へっへっへ」

「穴でも掘ってるのか？」

「ご明察」

「だが、金鉱目当てじゃないよな?」

「まさか。でも、成功したら、面白いことになるはずです」

正吉は夢見るような目をした。

洗い場でずっと話をしていて、せっかく温まった身体が冷えてきた。桃太郎が、もう一度、湯舟に浸かろうと立ち上がると、正吉もついて来た。

「ううっ、いい湯ですね」

と、正吉は唸りながら言った。いかにも気持ちよさそうに湯に入る。

「この歳になると、女や酒よりも湯だな」

と、桃太郎は言った。そのうえに、可愛い孫があるが、それは言わない。

「お武家さまもですか。あっしも、十年前からその心境ですよ」

すると、桃太郎はふと思いついて、

「まさか、温泉でも掘り当てようってつもりじゃないだろうな?」

と、訊いた。

正吉はしばらく沈黙し、

「よくおわかりですね。その、まさかです」

と、うなずいた。

「江戸で温泉かよ。どこらに狙いをつけたんだ？」

と、桃太郎はしらばくれて訊いた。

「江戸橋から、小網町のほうへ向かったところなんですがね。いまは、詳しいことは言えませんよ」

「小網町あたりは去年、火事で焼けたよな」

「そうなんですよ。その焼け跡を掘り返してるんです」

「なんか、それらしいことはあったのかね？」

「前からそこに住んでいたのが、あっしの昔の兄弟分だった男でしてね。そいつはあの火事で死んじまったんですが、生きているときからよく言ってたんですよ。ここの地面には熱があるんだって。雪が降ってもその庭のあたりだけすぐ溶けていたし、たしかに地面に手を当てると熱っぽいことがあったらしいんです」

「ほう。だが、わしは以前、あのあたりの甚左衛門町というところに住んでいたが、地面の熱など感じたことはなかったがな」

「そうですか」

「だいたいが、古地図を見ると、あのあたりは海だったみたいだぞ」

「そうなので」

「それに、わしは以前、金山銀山のあるところを何度か旅したが、湯脈のあるところは、独特の臭いがしていたがな」

それも嘘ではない。旗本の知行地から砂金が出たらしいという話があり、多摩の山奥を歩き回ったことがある。そのとき、多量ではないが、温泉が湧き出ているところも見つけたりした。

また、幕府の山奉行とも懇意になり、温泉や湯脈の話もそのときいろいろ聞いたりしたのだった。

「旦那、お詳しそうで」

「そうでもないが」

と、正吉は目を輝かせた。

「いっしょに来てもらえませんか？」

「いっしょに？」

「あっしがいま、掘り進めているところを見てもらうわけにはいきませんか？お礼は、なんとかしますので」

「礼などは要らぬさ。それは、まあ、行ってもいいが」

思わぬなりゆきにあいなった。

十

次の朝——。

正吉といっしょに金太郎の家に向かった。

歩きながら、

「あの家にいた女形の金太郎というのは、面白い男でしたよ」

と、正吉は言った。

「うむ。わしも甚左衛門町にいたとき、見かけたこともあるし、いろいろ噂も聞いていたよ」

「そうですか。あっしも自分が足を洗ってからは、あいつにもそうしろとずいぶんうるさく勧めていたんですけどね。あいつが飲み屋でもやったら、やくざなんかするよりずっと儲かっていたはずです」

「なるほどな」

それはわかる気がする。なにか、役者のような華のある男だった。

「正吉は、やくざの世界とはまったく縁がないのか？」

桃太郎は念押しするように訊いた。

「悪事からはきっぱり足を洗いましたが、縁となると、そうきれいには切れませんよ」

「そうだろうな」

それが正直なところだし、そもそも人間がまるっきりやくざとか悪とかと縁を切るのはできないことではないのか。

「近ごろの噂もいろいろ入ってきますし」

「近ごろのな」

「東海屋千吉てえ若いのが幅を利かせ始めているんですがね」

「ああ、そいつのことはいくらか知ってるよ」

「まあ、銀次郎親分の跡を継ぐのは無理でしょうね」

「そう思うかい？」

「ええ。やくざってえのは、確かに腐った人間のなれの果てですが、ただ、任侠というものへの憧れはあるんです。それで世間を見返してやりてえんです。あっしからすると、あいつはそこがわかっちゃいねえ。確かに頭は切れるでしょう。度胸もあるらしい。だが、あいつはてめえの頭の良さに溺れてます。堅気の衆の上に行けると思ってるんでしょう。堅気の衆が上なんです。そこを間違っているから、あいつはそのうち自滅するしかありませんよ」

「聞かせてやりたいな、千吉に」

と、桃太郎は言った。せめて蟹丸にでも聞かせてやったら、それは千吉に伝わるかもしれない。

小網町の例の場所に来た。

「ここです」

塀の前に立ち、正吉は言った。

「うむ。じつは、この前、あんたの跡をつけさせてもらった」

「そうでしたか」

正吉は怒りはしない。かすかに微笑んだだけである。

「ここにも来て、裏の塀の下にある節穴から、穴を掘っているところをのぞかせてもらった」

「それはみっともねえところを見せちまいました」

「まさか、温泉を当て込んでいるとは思わなかったよ」

「そりゃあ、あの熱気を知らなかったら、誰も思いませんよ」

塀の戸を開け、なかに入った。

正吉はしゃがみ込み、地面に手を当てながら、

「触ってみてください」

と、桃太郎を見た。焼けた家の燃えカスなどは取り除いてあって、多少黒ずんではいるが、元の地面が剝き出しになっている。

「どれどれ」

桃太郎も手を当てた。

「ほう」

確かに熱がある。

「ありますでしょう。それで、そっちのほうがもっと熱かったので、そっちを掘り始めたんですがね」

正吉は掘った穴を指差した。塀の節穴から見たよりも、ずいぶん大きくて深い。

「ずいぶん掘ったな」

「ただ、石にぶつかっちまいましてね」

「なるほど」

大きな石が埋もれている。そこは岩盤というより、個別の石が並ぶ層のようになっているらしい。

桃太郎は穴に下り、石に触れた。

石は熱い。その下の地面より、石が熱いのだ。

――ははあ。

思い当たることがあった。

「この近くに鍛冶屋があったよな」

「ええ。そっちに」

と、正吉は右手を指差した。

「鍛冶屋というのは、鉄を打つのに、いつもふいごで火を熾したりしているよな」

「でしょうね」

「熱というのは籠もるのだ。それは地面の下にまで伝わり、さらに石の層を伝って、ここまで届いている。それではないか？」

と、桃太郎は言った。この推測には自信がある。

「ははあ」

正吉も納得がいったらしく、がっかりしてしまった。

「とりあえず、この石を持ち上げてみようか」

「大変ですぜ、これは」

「大丈夫だ。梃子（てこ）を使えばなんとかなる」

近所から材木を借りてきて、どうにか穴から出した。

高さは五尺ほど。一抱えできるくらいの、大きな石である。

熱はたちまち冷めた。

「やはり、ご推察のとおりみたいですね」

「そうだな。だが、これはいい石だぞ」

桃太郎は感心したように言った。

金鉱ではないだろうが、輝く破片がちりばめられていて、全体は青っぽく見える。かたちがまた、いかにも堂々としている。

唐土（もろこし）の絵に出てくるようである。これ一個で、大自然というものを感じさせる。

「これは、欲しがる人は多いぞ」

と、桃太郎は言った。

「確かに」

正吉も大きくうなずいた。

誰が見ても、これは立派な石だと思うはずである。

「大名屋敷あたりに持ちかければ、何十両と出すのではないか」

石好きの大名は多いのだ。

「いや、これはあたしの長屋の路地の真ん中に、どーんと置かせてもらいますよ」

「長屋にな」

内心、それは勿体ないと思う。大名庭園か京の禅寺あたりがふさわしい。

「これを見れば、長屋の連中もなにか感じることはあるでしょう。ちっと、ぐれかかった若い者も連れて来て見させます」

「うむ」

「なにか大きなもの、雄大なものが、心のなかに芽生えるかもしれません。ぐれるときというのは、気持ちが小さくなっているものなんです」

「それはいい」

正吉が、一生懸命地面を掘った努力は、充分に報われたようだった。

十一

その二日後——。

桃太郎が魚河岸の朝飯を済ませてもどったばかりのところに、

「音吉がもどって来ました」

と、鎌一が駆け込んで来た。

お稲の住む長屋への路地の近くに宿屋があり、そこの二階の部屋を町方が借りて、音吉のもどりを待ち受けていた。雨宮たち三人では足りないので、奉行所から中間を二人呼んで、五人交代の見張りにしたとは、桃太郎も聞いている。

「間違いないか？」

「ええ。あっしも音吉は、浅草で見かけていますので」

「よし。行こう」

桃太郎は駆けつけた。

音吉と鉢合わせになるとまずいので、裏口のほうから宿屋に入ると、二階には雨宮と又蔵が起きていて、部屋の隅では徹夜の見張りだったらしい中間が眠っている。

「おや、雨宮さん……」

桃太郎は、いつもとは違う雨宮を見た。

同心姿ではなく、白い着物を着流しにしている。わきには円筒形の深編笠（ふかあみがさ）が置いてあるので、外に出るときは虚無僧（こむそう）に化けていたらしい。

「おいらも変装くらいできますよ」

「そりゃあ変装ではなく仮装だな」

この前、又蔵に言われたことを言った。

「それで、音吉は家にいるんだな？」

桃太郎が訊いた。

「います。ただ、お稲のほうがいません」

「どこに行った？」

「髪結い（かみゆ）に行きました。今日あたり帰って来ると思ったのかもしれませんね」

「なるほど」

毒を盛るような女にも、女心はあるのだろう。

二人いっしょのところに飛び込み、二人ともお縄にしたいと、雨宮とも打ち合わせてある。

今日も、捕物には似つかわしくないくらいの、いい天気である。宿屋の前に植えられた柳の木に、若葉が出てきている。その初々しい緑にも、春の到来が感じられる。

しばらく待っていると、左の道からお稲が帰って来た。新たに結い上げられた髪が、艶々と光っている。

お稲が路地に入るとすぐ、

「よし、行くぞ」

桃太郎が先に階下へ降りた。

この長屋の路地は、行き止まりである。念のため、鎌一を路地の手前に待機させ、桃太郎たち三人が、お稲の家に近づいた。

「お前さん。やったよ」

と、お稲のはずんだ声が聞こえた。

「やったって、あの爺いをか？」

音吉が訊いた。

桃太郎たちは、閉まっている戸口の両脇に立って、なかの話に耳を澄ました。

「そうだよ。愛坂桃太郎に毒入りのおはぎを食わせたんだよ」

お稲の声の調子は、まるで義理の姑に孝行でもしてきたみたいである。

「そりゃあ、よくやった。あの爺いのおかげで、おれたちの企みがしくじるかもしれねえと心配していたんだ」

「そんなにやり手だったのかい、あの爺いは？」

「ああ。とんでもねえ爺いだよ。よかった、よかった」

と、大喜びしているところへ、

「生憎だったな」

と、桃太郎は戸を開けた。

「えっ」

お稲が幽霊でも見たように顔を強張らせた。

「糞っ」

音吉はすばやく棚に手をやり、ぱっと布を広げた。

真っ赤な布が視界に広がった。

濃い布は、闇の色だけではなかったらしい。

「なんと」

思わずたじろいだ桃太郎のわきを、音吉はすり抜けた。

だが、桃太郎はそれを見逃さず、後を追って、外に出た。

すばやく音吉の前に回り込む。

音吉の手がもう一度、動いた。

今度は、黒と緑の布が広がった。突然、森のなかに紛れ込んだような気がした。

しかし、手のうちはわかっている。桃太郎はすばやく刀を抜いて、その布を払った。

「音吉。お前の綽名(あだな)の秘密はわかっているぞ。仔犬の音吉ではない。濃い布音吉だ」

「ううっ」

音吉は悔しそうに顔を歪めた。しかし、油断なくドスを構えている。左の手の甲に新しい傷跡が見えているが、ドスを使うのに不自由はないらしい。お稲がそのそばに寄った。そのお稲は包丁を摑んでいる。夫婦ともども、最後まで抵抗するつもりなのだ。雨宮と又蔵は、なすすべなく、ただ十手を構えている。

「おい、音吉。じつはわしも、目くらましは得意でな」

と、桃太郎は言った。

「なんだと」

「どこかで一足早い桜が咲き始めたみたいだ」

「なに、たわごとを抜かしてやがる」

「だが、ほら」

桃太郎の手のひらから、桜の花びらが舞った。枯れ葉ではない。春の装いである。

「え？」

音吉が目を瞠った。

瞬時に桃太郎が動いた。峰は返してある。

「うぐっ」

音吉の手首がだらりとなった。

お稲のほうは、雨宮たちにまかせることにした。

十二

お縄にした二人は、できるだけ目立たないようにして、塩河岸(しおがし)で拾った舟に乗せた。通常なら、茅場町の大番屋に入れるところだが、

「大番屋だとどうしても洩れるぞ。千吉には知られないほうがいいのではないか?」

と、桃太郎が忠告し、南町奉行所の牢に入れることになった。雨宮によれば、東海屋千吉は、傷もだいぶ癒えたというようなことを言って、連日、銀次郎の家に姿を現わしているらしい。お縄にならなければ、今日あたりは千吉と音吉がどこかで会って、今後やるべきことの打ち合わせでもすることになっていたのではないか。

「なにがあるかわかりませんので、愛坂さまも来ていただければありがたいのですが」

と、雨宮に頼まれ、桃太郎もいっしょに舟に乗った。又蔵と鎌一は、堀沿いに舟を追いかけて来た。

南町奉行所に着くと、

「いっしょに尋問もなさいますか？」

と、雨宮が訊いたので、

「馬鹿を言うんじゃない。わしは隠居した人間だし、奉行所とはなんの関係もない。あんたがひと調べした結果は知りたいので、外に腰かけて待っているよ」

桃太郎は苦笑して言った。

奉行所の前には、訴えを起こすためにやって来た者が順番を待つための腰かけが置いてある。桃太郎はそこに座った。

ほかにも十人近い町人たちが腰をかけて、名を呼ばれるのを待っている。いずれも浮かぬ顔で、それぞれ面倒ごとを抱えているのだろう。訴えても、どれだけの者が、納得のいく解決を得られるのか。おそらく半数にも至らないのではないか。この世は、解決できない面倒ごとに満ち満ちている。

半刻（一時間）ほど待っていると、雨宮がしぶい顔をして、奉行所から出て来た。

「吐かぬのか？」

と、桃太郎が訊いた。

「音吉は口が堅いです。千吉のことはまったくしゃべりません」

「お稲もか？」

「女のほうはなにも知らないみたいです」

そうなのかもしれない。

「わかった。頑張ってくれ。わしは帰らせてもらう」

「なにかわかったら、お報せします」

そんなことより、桃太郎には、いま、したいことがある。

とりあえず、刺客の心配はなくなった。千吉もやくざでもない爺いに、次から次に刺客を向けるゆとりはないはずである。

ということは、もはや桃子といっしょにいても大丈夫なのだ。

いったい、どれくらい桃子と遊んでいなかっただろう。年末年始からすでにひと月以上経っている。なんと潤いに乏しい暮らしだったことか。この世から、明るい色や、青い空や、歌声までもが消えてしまったような日々だった。

若者のような足取りで海賊橋を渡る。

卯右衛門が、

「どうかしましたか？」

と声をかけてきたのにも答えず、坂本町の狭い道から長屋の路地へと入る。

盆栽に水をやっていた朝比奈の前もすり抜け、珠子の家の前に立つ。

戸は開いている。珠子が台所で水仕事をしていて、桃子が奥の部屋で、なんだか所在なさげに座っていた。

「おい、桃子」

声をかけると、桃子はこっちを見た。

少し痩せたのではないか。いや、そんなことはない。相変わらずふっくらして、健康そのものの顔をしている。

その顔が、ぱっと輝いた。

「じいじ」

と、桃子が言った。桜の花がいっせいに満開になった気がした。

「おう、じいじだよ。桃子のじいじだよ」

桃子は立ち上がると、まだまだたどたどしい足取りで、桃太郎に向かって突進して来た。

「おっと、あぶないぞ。そんなに急ぐな、急ぐな」

そう言いつつも、桃太郎は腕をいっぱいに広げて、飛んで来た孫を、日本一可愛い桃子を、やさしく抱きしめたのだった。

この作品は双葉文庫のために書き下ろされました。

双葉文庫

か-29-49

わるじい慈剣帖（九）
ねむれない

2022年6月19日　第1刷発行

【著者】
風野真知雄
©Machio Kazeno 2022
【発行者】
箕浦克史
【発行所】
株式会社双葉社
〒162-8540 東京都新宿区東五軒町3番28号
［電話］03-5261-4818（営業部）　03-5261-4833（編集部）
www.futabasha.co.jp（双葉社の書籍・コミックが買えます）
【印刷所】
中央精版印刷株式会社
【製本所】
中央精版印刷株式会社

【フォーマット・デザイン】
日下潤一

ISBN978-4-575-67113-1 C0193
Printed in Japan

井原忠政
三河雑兵心得
足軽仁義
戦国時代小説〈書き下ろし〉

苦労人、家康の天下統一の陰で、もっと苦労した男たちがいた！　村を飛び出した十七歳の茂兵衛は松平家康に仕えることになるが……。

井原忠政
三河雑兵心得
旗指足軽仁義
戦国時代小説〈書き下ろし〉

三河を平定し、戦国大名としての地歩を固めた家康。猛将・本多忠勝の麾下で修羅場をくぐる茂兵衛は武士として成長していく。

井原忠政
三河雑兵心得
足軽小頭仁義
戦国時代小説〈書き下ろし〉

迫りくる武田信玄との戦い。家康生涯最大のピンチ、三方ヶ原の戦いが幕を開ける。怯むな茂兵衛、ここが正念場！　シリーズ第三弾。

井原忠政
三河雑兵心得
弓組寄騎仁義
戦国時代小説〈書き下ろし〉

大敗から一年、再び武田が攻めてきた。決戦の地は長篠。ついに、最強の敵と雌雄を決する時が迫る。それ行け茂兵衛、武田へ倍返しだ！

井原忠政
三河雑兵心得
砦番仁義
戦国時代小説〈書き下ろし〉

武田軍の補給路の寸断を命じられた茂兵衛は、森に籠って荷駄隊への襲撃を指揮することに。戦国足軽出世物語、第五弾！

風野真知雄
若さま同心　徳川竜之助【一】
消えた十手
長編時代小説

徳川家の異端児　同心になって江戸を駆ける！剣戟あり、人情あり、ユーモアもたっぷりの傑作時代小説シリーズ、装いも新たに登場!!

風野真知雄
若さま同心　徳川竜之助【二】
風鳴の剣
長編時代小説

憧れの同心見習いとなって充実した日々を送る竜之助の身に、肥後新陰流を操る凄腕の刺客たちの影が迫りくる！　傑作シリーズ第二弾！